01
悠閒港灣 ◎著
吞噬至尊

CONTENTS

目錄

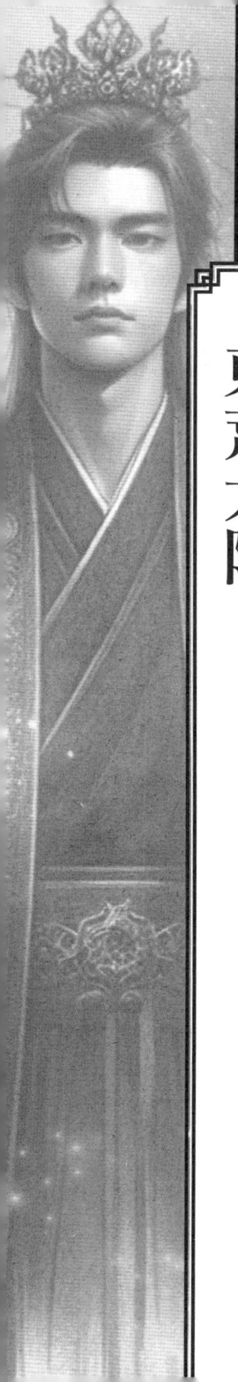

第一章 東荒大陸

東荒大陸，崇尚以武為尊。

玉龍皇朝南楚郡，五雷山脈一百多里有一座青龍鎮。

春暖乍寒，處在大山環抱中的李族演武場依然有些寒冷，但依然阻擋不了李族族人的激情。一大早，李族練武場上已是人聲鼎沸，熱鬧非凡。

二月二日是青龍鎮每年度的各族武魂覺醒儀式日。每年的這天，族中修煉到凝體境九重大圓滿的武修都可以參加宗族舉行的武魂覺醒儀式。

李族大祭司站在祭壇邊，只見他舞動桃木劍，劍指蒼穹，口中念念有詞，突然雙眼爆出精光，一手舉劍，一手握拳，食指與中指雙指伸出併攏滑向劍尖，頓時蒼穹中一簇青色玄光沒入桃木劍尖。

大祭司隨即將劍從右手轉入左手，左手將劍揮向他左邊的祭壇，不到一瞬，祭壇中緩緩冒出一團乳白色的霧氣。

大祭司迅疾用劍將這團乳白色的霧氣牽引到拜跪在祭壇前的一名青年頭上，霧氣浸入青年腦中。只見青年渾身一顫，頭頂緩緩升起灰色蒼狼形武魂，蒼狼形武魂上顯現五圈黃色暈環。

「李族李彥，人級五品武魂！」大祭司唱道。

叫「李彥」的青年臉露喜色，站起身向大祭司道謝離去。

東荒大陸玉龍皇朝武修有七個大境界，凝體境、凝氣境、玄氣境、玄靈境、靈丹境、武王境、武皇境。

初入武者先煉體再凝氣，未將體質凝練到圓滿級體質，武修就難以承受後面丹田中凝聚的狂暴真氣力量。

晉級凝氣境首要必須開闢丹田，在丹田中凝聚真氣，武魂可以幫助武修迅速的吸納和煉化天地靈氣修煉，武修光靠自然吞服靈石和丹藥中的靈氣修煉，一般武修在凝氣境需要一到兩年才能提升一個小境界。

想要突破到玄靈境這個大境界，就需要上十年的時間，但覺醒了武魂，根據武魂等級的不同，吸納和煉化靈氣的效果也不同，只要有武魂，最低的也比沒有武魂的效果高上五倍。

整個東荒大陸武修出現的武魂有人級、玄級和地級，聽說也有天級武魂，但是也只是僅僅存在於傳說中。

武修世界以九為尊，修為境界也好、武魂品級也好，每一大境分為九個小境界，達到第九個小境界為這個大境界的圓滿境，武魂每級分為一到九品。

人級武魂是武修中常見的，玄級武魂相當罕見，青龍鎮這百年來就沒有出現過玄級，就是整個南楚郡也相當稀少，地級武魂就是整個東荒也難見一二。

武魂不僅能體現修煉的天賦，而且能加成戰力，人級武魂每增加一品，可以加成戰力一成，也就是說人級九品武魂的武修相當於兩個人級一品武魂武修戰力。

所以覺醒什麼樣的武魂就能預測能成就什麼樣的武道境界。當然武道未來也有後天的努力和機遇等因素，不排除天賦低者在後天的加倍努力和時運造化下造就武道大能者，但這種機緣造化可想而知有多難。所以每個人在覺醒武魂時，都渴望能覺醒一個品級高的武魂

青龍鎮武修覺醒的大多是人級三、四品武魂，覺醒了人級五品武魂就是天賦較好的了，這些年來，青龍鎮各族武修基本覺醒的都是人級三品至五品的武魂；人級六品、七品武魂這十年來只出現過兩人，可見人級六品以上武魂天賦妖孽程度。

同樣覺醒武魂人級二品也非常少，覺醒這樣的武魂就意味著在武道之路不會走的太遠，基本和武道廢品差不多。

祭臺上，大祭司一個接著一個為等著要覺醒武魂的李族少年覺醒武魂。

「李族李青牛，人級三品武魂。」

「李族李翠花，人級四品武魂。」

今年李族達到凝體境九重大圓滿，報名覺醒武魂的有一百三十二人。隨著一個個武魂的覺醒，時間過了午時，練武場等待覺醒的武修只剩下十幾人了。

族長李卓然有些沉不住氣了，此時眉頭緊皺、臉色鐵青，剛才有消息傳來，青龍鎮張族族長張翼猛的二兒子張克用覺醒了人級六品武魂。

李族和張族一直是青龍鎮的霸主勢力，兩族在青龍鎮競爭激烈，擁有武魂天賦決定武修未來武道前途，在這個武道為尊的世界，高天賦武修越多，宗族的將來就會越來越強大。

張族在六年前已經出現一個覺醒人級七品武魂的天驕，今年又覺醒了一個人級六品武魂，對於李族來說壓力巨大，因為李族已經十多年沒有覺醒過人級六品的武魂了。

對於李卓然的忐忑不安，李卓然身邊的大長老李卓能就顯得波瀾不驚了，因為他知道他兒子李劍雲還沒有出場。

大長老對自己這個兒子所表現出來的天賦有著充分的信心，八歲就達到凝體境一重，這些年幾乎不到一年就提升一重境界，去年底不到十六歲就達到了凝體境九重大圓滿。

能夠在這個年齡達到這個境界的除了李鋒就只有他這個兒子了，他有充分自信以李劍雲的天賦絕對能覺醒人級六品武魂，甚至更高。

「李劍雲上臺了！」

「李劍雲開始覺醒武魂了。」

族長與大長老正各懷心思時，人群一陣騷動，一名年齡在十六歲左右，一身青衫飄逸的少年步伐矯健的登上覺醒臺，兩腿交叉盤坐於祭壇前等待大祭司幫他覺醒。

「這次劍雲大哥肯定能覺醒人級六品武魂。」

「不可能只有人級六品，劍雲大哥可是這十年來族中天賦最高，天賦遠超李彥，絕得不止人級六品，應該是人級七品武魂。」

「不可能！張族的張克用與劍鋒大哥天賦旗鼓相當，聽說也只覺醒了人級六品武魂。」

臺下有幾名少年爭論起來。

「不信我們就賭一賭，如果劍雲哥覺醒的只是人級六品武魂，你將你每月一顆靈石的修練資源給我，如果劍雲哥覺醒了六品以上武魂，我將每月一顆靈石的修練資源給你，怎麼樣？」

「好，一言為定！」

在臺下議論紛紛時，族長李卓然也是滿懷期待之色，全族的希望就寄託在李劍雲身上了。

大祭司正在為李劍雲覺醒，練武場鴉雀無聲，萬眾矚目。

一團從祭壇中冒出的乳白色霧氣已經被大祭司牽引到李劍雲的頭頂，霧氣浸入頭中，武魂在李劍雲的頭頂緩緩冒了出來。

「好像是一把戰劍。」

「是兵器類武魂。」

隨著戰劍武魂的呈現，在武魂周圍黃色暈圈也在一層一層的顯現。

「一圈。」

「兩圈。」

……

「五圈……」

所有人都屏住了呼吸，大長老與族長更是心的跳動在加速。

「六圈！」

所有人同時歡呼起來，李族終於出現了一個人級六品武魂。族長握住大長老的手就要表示祝賀，就在這時奇蹟出現。

「哎呀！七圈，人級七品武魂！」練武場尖叫不斷。

覺醒臺上李劍雲劍形武魂周圍又增長了一輪黃色暈圈。

「真是罕見呀！整個青龍鎮只有五年前覺醒一個人級七品武魂。」

大長老已經怔怔的待在那裡，隨即眼眸中冒出了幾滴渾濁的淚花。

「這真是意外的驚喜呀，劍雲賢侄為李族爭了光，這樣的天才以後族裡一定要重點培養！」

族長再次握住大長老的手喜形於色，激動不已，喋喋不休。

「這是李族的榮光，感謝宗族的培養！」大長老從激動中回過神來，極力保持鎮定，抑制語氣中的顫抖。

「李族李劍雲，人級戰劍七品武魂。」待黃色圈暈穩定在七圈，大祭司唱道。

覺醒臺上，李劍雲站起身來，忘了向大祭司道謝，只是挺胸俯視全場，滿眼濃濃的傲意。

他繞巡一遍覺醒臺後，目光鎖定臺下待覺醒區域僅剩下的唯一少年弟子身上。這名弟子叫「李鋒」，和李劍雲一樣是李族僅僅的兩位十六歲以下就達到凝體境九重的少年。

他跳下覺醒臺，從李鋒身邊繞過，藐視地喊道：「李鋒，你這個傻瓜，該你覺醒武魂了！」

李劍雲一直不屑於李鋒與他同樣年齡、甚至比他小幾個月達到和他同樣的修為境界，他認為這是對他的侮辱。他覺得這個平時不多言語，整天待在宗祠中獨自一個人默默只知道修煉的同族族人，就像個傻瓜一樣。

他很不服氣的是李鋒能修練到凝體境九重，完全是族中每個月給予李鋒比別人多十倍的修煉資源堆積起來的。今天他要透過武魂覺醒讓所有人知道李族真正的天才是他李劍雲。

「李鋒，從今天起，我會將你遠遠甩在身後！」

李鋒看向李劍雲，臉上沒有任何表情，還是和以往一樣平平靜靜，眼神無光，練武場的歡鬧好似與他無關。

他麻木地走上覺醒臺，像別人一樣坐在大祭司前面等待覺醒武魂，臺下議論聲又起。

「李鋒天賦能夠覺醒人級三品就不錯了！」

「那不一定，他能這麼年少就達到凝體境九重，說明他也有一定天賦，覺醒人級四品也說不定呢。」

「他有什麼天賦！他完全就是靠族長特例每月供他比我們多更多的靈石，才能達到凝體境九重的。」

聽到下面的議論，族長望向李鋒，然後轉向旁邊的大長老悠悠說道：「李鋒母親走了十一二年了吧？」

「是呀！李卓凡也隕落十幾年了。」李卓然陷入悠遠的沉思中。

二十年前，李族還很弱小，經常受到青龍鎮其他大族的欺壓。有一次族長李卓然在方圓八百里的五雷山脈雷荒莽林中歷練，遇到李卓凡在莽林中重傷垂危，李卓然把他救回族中療傷。

李卓凡在族中養傷一年，一次青龍鎮最大的族張族包圍了李族，計畫要滅了李族，霸占李族資源與財寶。李卓凡顯露強者戰力，一人滅殺張族等強者十多名，張族大傷元氣。

隨後李族和李卓凡在整個青龍鎮名氣大震，李族有了李卓凡的保障，勢力迅速發展。

又一年後，李卓凡傷勢完全恢復，便離開李族前往玉龍皇朝，成為玉龍皇朝第一高手，與玉龍皇結拜為兄弟，玉龍皇拜李卓凡為大國師。

十二年前，聽說李卓凡遭到北魔大軍埋伏，一人被幾十名武皇境頂尖高手圍殺而隕落，也有傳言李卓凡是被現在玉龍皇朝的大國師設計暗害。

沒有了李卓凡的玉龍皇朝，朝政被現在的大國師把持，朝中形成大國師派和玉龍皇兩派勢力。而各州郡形成割據勢力，為了爭奪權利與地盤，戰爭不斷，百姓苦不堪言。

李鋒母親不相信李卓凡會這麼輕易隕落，為查清李卓凡隕落真相而追查真凶，也是為了保護她兒子不被大國師派暗害，將只有三歲多的李鋒從玉龍城偷偷送到李族託付給族長，並留下十萬靈石作為李鋒修練資源，並囑咐族長，李鋒沒有達到玄靈境不要走出青龍鎮。

十萬靈石，這是一筆巨額資源，因為李族全族近千武修一年的修練資源也只有兩萬靈石。十萬靈石可以將一般武士在幾年間堆積到玄靈境圓滿境界。

這十年來，族長對李鋒也是盡心盡力的輔導，把十萬靈石作為李鋒的修煉專用資源，任何人不得占用，期望用這些資源將李鋒堆到玄靈境，甚至靈丹境。

但李鋒天賦與他爹簡直是天壤之別，天資愚笨，別人一天能領悟的，他要十天還不見得領悟透徹。沒有辦法，族長李卓然不僅抽時間親自指導李鋒修練，每月給予李鋒的修練資源要比一般族中弟子多十倍，這樣也引起不明真相的族中弟子的嫉妒與怨恨。

覺醒臺上，大祭司已經將祭臺中的白霧引入李鋒頭上，白霧浸入李鋒頭中，過了一息時間，李鋒頭頂緩緩冒出一團朦朦朧朧的圓形灰色物體，好像透明的大腦，要彷彿無限深邃的蒼穹，時隱時現，灰灰濛濛。

「這是什麼東西？」

「還有這樣的武魂？」

臺下的族人望著李鋒頭頂升起的怪異武魂驚疑地議論起來。

大祭司也有些迷茫，眉頭緊皺起來。武魂有很多種，有魂獸類武魂、有兵器類武魂，也有植物武魂，當然也有山岳、火焰等天地屬性武魂。

但像李鋒這種雲不像雲、霧不像霧，而且時隱時現的武魂，活了近百歲、玄氣境一重的大祭司，將頭望向同樣玄氣境一重的族長和大長老，臉上露出探尋的神色。

族長和大長老也一臉茫然，向大祭司搖了搖頭。

正在大家驚疑之間，李鋒這個像大腦又像灰色雲霧狀的武魂上冒出一層黃色暈圈，人們眼睛不眨地盯住李鋒的頭頂。

「一圈！」有人叫出聲來。

所有的人都期待著，看李鋒能覺醒幾品武魂，就連李劍雲也神情凝重地盯向李鋒的頭頂黃色暈圈。他儘管口中叫嚷著瞧不起李鋒，但是這些年來，他感覺李鋒的運氣特別好，他還真擔心出現奇蹟，李鋒會覺醒出比他還要高品級的武魂，那樣他在李族就真的抬不起頭來了。

一息、兩息、三息……一刻鐘過去了，李鋒頭頂依然是一個黃色暈圈。

「不可能吧！」寂靜的練武場終於有人叫出聲來。

「哈哈！這個傻瓜只覺醒出人級一品武魂，哈哈哈！哈哈哈！」李劍鋒放肆的大笑起來，好像要將這些年的怨氣徹底發洩出來。

「李鋒覺醒的是廢武魂，他是個廢物！」幾名平時喜歡欺負李鋒老實的族中弟子也狂叫起來。

「李族李鋒，人級武魂一品。」大祭司無奈地宣布。

李鋒臉上無驚無怒，臉色平靜地站起身來，好像什麼樣的武魂跟他沒有關聯一般。他像其他覺醒武魂的族中弟子一樣向大祭司躬身道謝，緩緩走下覺醒臺。

「今年武魂覺醒儀式到此結束。」

隨著大祭司的宣布，人們這才一邊議論紛紛，一邊漸漸散去。

「唉。」族長李卓然看向李鋒，長長的嘆了一口氣。

「鋒兒，過來。」李卓然有些惆然地喊住一個人獨自正向宗祠走去的李鋒。

「這是你這個月的修煉資源。」李卓然將十顆靈石遞到李鋒手上。

「謝然叔！」李鋒神情木然的接過靈石，習慣性地說了一聲謝謝。

「你也不要氣餒，好好修練，只要有武魂總比沒有武魂好。」李卓然安慰道。

「喔。」李鋒機械的應了一聲，沒有任何的感情色彩。

「唉。」李卓然見李鋒這樣，他也不知道李鋒聽懂沒有，他也習慣了李鋒這樣的神情，長長嘆了一口氣轉身走了。

李族祠堂後院，李鋒就住在這裡。

李鋒準備拿出靈石修練，十幾年來他就是這樣，一得到靈石就會待在祠堂中不知日夜的修煉，他在族中沒有朋友，除了族長李卓然偶爾來指導他一下，其他時間就是修煉。

「吱……」這時，後院門被人推開了。

「李鋒，你這個傻子，還修什麼練！一個廢武魂，真是浪費靈石，快點把靈石交給我！」一名平時喜歡欺負李鋒的族中弟子跑進了院子，他叫「李劍林」，是大長老的小兒子、李劍雲的弟弟，今年十五歲，凝體境八重。

他自己感覺自己的天賦比他哥哥還要強，只要有更多的修煉資源，一定能趕上他哥哥的修為，這些年來沒少欺負李鋒，騙取李鋒不少修練資源。

跟在李劍林身後還有一名青年，叫「李青牛」，今年十九歲，凝體境九重，今天武魂覺醒儀式上覺醒了人級三品牯牛戰魂。

「不能給你，這是然叔給我的。」李鋒看到這個李劍林，本能的緊緊抓住靈石，身體躲向一側。

李劍林今天在練武場看到族長將靈石給李鋒，心中就計畫將李鋒的靈石騙到手，騙不到就搶。自己凝體境八重，打架肯定打不贏凝體境九重的李鋒，所以叫上了今天覺醒了人級三品武魂的李青牛，答應搞到靈石後，分一半給李青牛。

「看來直接要是要不到了。」李劍林心裡思考，但是在祠堂裡直接搶肯定不行，讓族長知道，偷雞不成反而會受到責罰。怎麼辦呢？呃！有了。

李劍林沉吟片刻，向李鋒笑了一笑。

「傻瓜，我跟你開玩笑的。今天是來告訴你一個好消息，聽說這個月五雷天宗的弟子在雷荒莽林歷練，我和青牛一起想到雷荒莽林去玩，看能否尋到一些天材地寶快速提升修為。我們是好兄弟，有好事肯定叫上你呀！」

李劍林心中想，只要將李鋒騙到雷荒莽林，自己和李青牛兩人面對李鋒的智商，靈石還不是手到擒來？

「天材地寶能提升修為嗎？」李鋒顯得有些傻傻地問道。

「肯定能呀，天才地寶比這靈石的修煉效果還好，上次李翠花就是在雷荒莽林得了一株五葉神草直接提升了一重修為達到凝體境九重的。」

「那……那好吧，只要你們不欺負我，不要我的靈石，我就跟你們去。」李鋒猶豫了一下，彷彿有些心動地說道。

李劍林聽到李鋒答應了，心中暗喜，他沒想到李鋒這麼容易就答應了，看來頭腦確實簡單。

「好！我們馬上動身前往雷荒莽林。」

……

雷荒莽林處於五雷山脈之中，五雷山脈離青龍鎮就只有一百多里，李族離青龍鎮也就二三十里，達到凝體境八九重的武修，一步跨出就有近一兩丈遠，接近花了兩個時辰，三人就進入了五雷山脈。

深入五雷山脈三十多里，就到了雷荒莽林邊緣，雷荒莽林方圓有五六百里，莽林中妖獸縱橫，同時也滋生著無數靈藥異草等天才地寶，吸引著無數武修冒險進入歷練和探尋。

另外可以獲取妖獸身上的獸骨、獸血和獸核，這些東西可以交給煉丹師、煉器師煉丹、煉器，換取靈石。

但一般境界的武修只敢到莽林的邊緣活動，因為莽林邊緣活動的都是些一級妖獸，一級妖獸相當於武修凝體境。越往深處，就會逐步出現相當於武修凝氣境的二級妖獸和相當於玄氣境的三級妖獸，聽說在雷荒莽林的最深處有四級甚至五級的妖獸。

三人剛進入雷荒莽林就碰到一隻火雲豹，這是一隻一級六層妖獸，滿身布滿鮮豔如火的雲朵般豹紋，隨著火雲豹急速縱躍，就像一簇簇火焰呼嘯而過。

這隻火雲豹看到三個人族進入莽林，感覺牠的晚餐來了，沒有絲毫猶豫，騰身躍起一丈多高，兩隻前爪像兩把鋼鉗直直前伸，整個身體無限拉長，似一把滿弓射出的離弦之箭撲向李鋒三人。

火雲豹雖然是一級六層妖獸，但妖獸力量和身體靈活度要高於人族，而且沒有靈智，悍不畏死，往往人族凝體境七重不小心都會牠在他手裡，一般的凝體境八重都會感到膽顫心驚。

李劍林臉色頓時煞白，平時在家裡養尊處優，很少一個人到外面歷練，就是歷練也是在五雷山脈外圍。如果不是貪圖李鋒有大量的修練資源，加上自己覺醒了人級三品武魂，還有凝體境九重的李青牛壯膽，他就是打死也不會到這雷荒莽林中來。

他本來就沒有計畫進入莽林深處，到了莽林邊緣就遠離青龍鎮，人跡稀少，覺得沒有人會知曉，正準備向李青牛發信號動手搶奪，結果運氣不佳，剛進入莽林就被這隻火雲豹襲擊了。

看到撲向三人的火雲豹，走在最前面的李青牛也是一愣神，但就在這一愣神間，火雲豹已經奔至眼前，李青牛已經聞到颳來的狂風中濃濃的撲鼻腥臭味。

李青牛感覺到濃濃危機，想閃身躲避已經來不及，直接抵擋，但一級六層的妖獸力量有一千來斤，加上凌空俯衝速度的衝擊力要達到近一千五百斤，自己倉促之間抵擋，不死也會重傷。

在這千鈞一髮之間，只聽「砰」的一聲，已在咫尺的火雲豹好像凌空被巨大的力道打擊到，妖軀從李青牛的臉側劃過，劈里啪啦壓斷幾根碗粗的樹幹。

火雲豹倒在地上，口中箭血直飆。

李青牛臉上一陣灼痛，火雲豹像鋼鉗一樣的前爪在慣性的力量下把李青牛抓得滿臉血肉模糊。

他已經顧不得疼痛，雙手握拳，身體蓄力，目光盯向倒在地上的火雲豹。但這時一人比他更快，這人旋風般閃到火雲豹身前，掄起手中一根哨棒，狠狠地敲向火雲豹的頭顱。

火雲豹本來受到剛才的打擊已經斷掉幾根肋骨，身體難以挪動，只能眼睜睜的看著腦袋挨棒。

火雲豹的腦袋就像西瓜受到大錘的錘擊一樣碎裂成無數塊，血水四濺開來。這火雲豹也是悲慘，本來想輕輕鬆鬆獲得一份大餐，結果瞬間身死道消。

「這棒子打擊力道起碼有近一千八百斤。」李青牛回過神來，看向蹲在火雲豹身邊正在收取獸骨、獸核的身影。

「李鋒？」

剛才擊殺火雲豹的是李鋒。李青牛清楚如果不是剛才太倉促，正面對戰一級六層的妖獸，他一樣能輕鬆擊殺。一般凝體境九重的武修的力量就有一千五百斤左右，加上他擁有人級三品的武魂加成，他發出的力量可以超過兩千斤。

「我們現在往哪走？」李鋒收取了獸骨、獸血和獸核後站起身望向李青牛與李劍林。

「好！好！往……往那邊走，再進入不遠就有天材地寶了。」

李劍林驚魂未定，猶豫之間，手指向前一指。

不僅是妖獸對他產生了驚嚇，剛才李鋒所暴露出的戰力也讓他感到心悸，莫看李鋒傻傻的，腦袋不靈活，但體質與戰力絕對強橫，如果自己一個人，就是兩三個也不是李鋒的對手。

李鋒也未停留，向著李劍林手指方向走去。

後面他們三人又遇到幾隻一級六層、七層的妖獸，都基本被李青牛和李鋒輕鬆解決。但越往莽林深處，妖獸的等級越高，李劍林不想再進入莽林深處冒險了，他想盡快動手，怕再出現什麼變故，今天的計畫就要泡湯了。

看到李鋒朝前走了，李劍林急向李青牛使了個眼色，這是動手的信號。

李青牛略一遲疑，因為剛才不是李鋒出手，他肯定至少會重傷。但也就遲疑了一下，他知道今天肯定要出手，一是李鋒手裡的靈石誘惑，二是李劍林是大長老的兒子，如果得罪了他，以後在族中就難立足了。

他從腰中抽出一把朴刀，疾走兩步逼近李鋒，隨即平握朴刀向李鋒腰身桶去。心想看在剛才李鋒無意之中救過自己，只要把李鋒重傷不及性命，搶走靈石，再把李鋒丟在這莽林中，是死是活就看他自己的造化了。

李鋒對於後面的情況一無所知，還呆呆地朝李劍林所指方向趕路，後面刀尖已經抵近後背。

突然，李青牛的朴刀從手中飛了出去，李青牛感覺朴刀被什麼東西震開，力道極大，震擊的力道從刀身傳到手中，手虎口開裂。這功力絕對已經遠超凝體境了。

「哪來的宵小之輩，膽子挺大的，竟敢在本小姐面前謀財害命！」

隨著聲音響起，林中縱出三條身影。

聽到話音，正在往前趕路的李鋒回過頭來，看到眼前站著一男兩女，全身都是青藍色長袍，上身左胸上繡有「五雷天宗」字樣。

說話的是名十五六歲的女孩，瓜子臉型兩邊的弧形流線非常流暢圓潤，給人一種精緻而舒適的美感。兩條細長的柳葉眉下黑黑的大眼睛忽閃忽閃的，眼眸清澈如五雷山的泉水，清明透亮，眼珠中閃耀黑寶石般的亮光。高翹的鼻頭下小嘴微張，特別是不笑就淺露的酒窩，讓站在一邊的李劍林眼睛都看痴了。

他這一生中看到過無數美女，還是第一次看到這麼美的女孩，儘管皮膚可能是經常在外歷練的緣故，顯得些微黑中透紅，但更增添了那種野性和健康美感。

「哦！真是有緣，能夠在這裡碰到五雷天宗的天才弟子。我們三人都是青龍鎮李族的弟子，相邀一同到雷荒莽林探取機緣，剛才碰到一頭妖獸，可能比較緊張，引起五雷天宗的天才們誤會了。」

看到李青牛已經怔在那裡說不出一句話來，李劍林連忙上前擋住三人圓場道。

南楚郡內的五雷天宗是玉龍帝國四大宗派勢力之一，實力與南楚郡相當，所以李青牛看到是五雷天宗弟子當場就嚇傻了。還是李劍林跟著他族中大長老的父親見過一些世面，腦子轉得快。

「是嗎？我怎麼看到你們兩個鬼鬼祟祟，要對前面這個小兄弟圖謀不軌呀！」這名臉上黑裡透紅的五雷天宗女弟子無法相信李劍林的話，轉頭看向前面的李鋒問，「你們同是李族的弟子嗎？」

「嗯嗯！」李鋒有些迷迷糊糊，機械地回答。

「你們是一起相邀到這裡探取機緣的？」

「嗯嗯！」李鋒繼續點頭。

「紅薇師妹，這些人都是些螻蟻一樣的鄉巴佬，不值得妳去管，耽誤我們的正事，妳就不要管了，我們走吧。」旁邊的那名五雷天宗男弟子見這名師妹還要繼續詢問，有些急躁了，連忙去拉那名有著微黑膚色的女弟子。

「好！看這位小兄弟老實憨厚，這兩人肯定欺負了他。」這名叫「紅薇」的女弟子心地善良，但也經不住男弟子的催促。

「這位小兄弟，我感覺你後面這兩個同族弟子品行不端，你要小心提防些！」臨走，叫紅薇的女弟子不忘對李鋒囑咐，然後轉過身去，與同伴向莽林深處飛縱。

待五雷天宗的弟子遠去，李鋒站在那裡迷茫的望著李劍林與李青牛。

李青牛有些尷尬，轉頭望向李劍林，心中是一波兩折，他有些想放棄了。

「嘿嘿！嘿嘿！」等了一刻，李劍林見五雷天宗弟子失去了蹤影頓時原形畢露，他等不及了，再走下去不知道又要發生什麼變故，他面對李鋒發出聲聲怪笑。

李鋒聽到心中有些恐懼，腳往後退了兩步，還是有些茫然地望著李劍林，然後又望向李青牛。

「李鋒，不要望了，老老實實交出你身上的財物，大家都和和氣氣。」

李劍林步步緊逼。此時的李鋒再木訥也明白了，這就是一個圈套。

「靈石……是……是然叔給我的，你……你不能搶我的靈石，你搶我的靈……石，我……我回去告訴然叔懲罰你！」李鋒急了，一邊退，一邊希望能用族長嚇住李劍林。

「真是不知死活！李青牛，還愣在那裡幹什麼，動手！」李劍林已經急不可耐。

「這行嗎？要是真的讓族長知道是要受懲罰的。」李青牛還是遲疑。

「他媽的！膽小鬼。怕什麼，還有我爹呢，然叔又不是他親叔，他就一個沒爹沒娘的廢物，回去就說他在這莽林中被妖獸吃了，沒人管的。」李劍林眼露凶光，狠狠地喊道。

聽到李劍林如此說，李青牛不再猶豫，拿上原來那把朴刀面向李鋒走去。

李鋒恐慌極了，本能的轉身向三個五雷天宗弟子離去的方向跑去。

「攔住他！」李劍林急了，因為李鋒跑的方向是這個雷荒莽林的深處，越往深處不僅妖獸等級越高，以他們的修為難以應付。

而且雷荒莽林深處是雷暴區，經常有天雷劈擊莽林，危險係數相當高，李劍林可不想為了一個李鋒冒太大的生命危險。

「李鋒，莽林深處妖獸很厲害，而且有雷暴區，你不想活了。你不要跑，回來我們再商量。」李劍林跟在李青牛後面一邊追一邊嚇唬李鋒。

李鋒已經受到驚嚇，不再聽李劍林說什麼，拚了命的往前跑。

雖然李鋒體力很好，也有著凝體境九重功力，但李青牛身體更加壯實，凝體境九重的功力加上人級三品武魂的加成，眼看李青牛離李鋒就只有三步之遠。

前面已經接近雷暴區，一道炸雷劈擊在距兩人一丈開外處，嚇得李青牛一陣戰慄，但他沒有停止追擊。

李青牛離李鋒只有兩步遠了……一步多了……距離在一點一點的拉近。

「李青牛，快用刀殺了他！」李劍林咬牙切齒，狠厲地喊道。

李青牛也急了，放出人級三品牯牛武魂，頓時氣力爆漲。他乘勢雙腳一蹬，身子向前方空中撲出三尺多高，騰空後身體幾乎已到達李鋒頭頂，他迅即右手揮刀閃電般的來了一個力劈華山。

李鋒在飛奔的同時全身繃緊，不像一開始那樣沒有絲毫防備了。後面涼風襲來，他頓時毛髮豎立，使他本能地從原地硬生生將身子拔起，同時向右斜前方挪移了半步左右，閃過了李青牛致命一擊。

但由於李青牛的刀速極快，而且距離又近，雖然閃過致命一擊，但朴刀刀尖還是砍到李鋒的左肩上，只聽「刺啦」一聲，李鋒左肩顯露出半尺長、深有寸許的血肉溝壑。

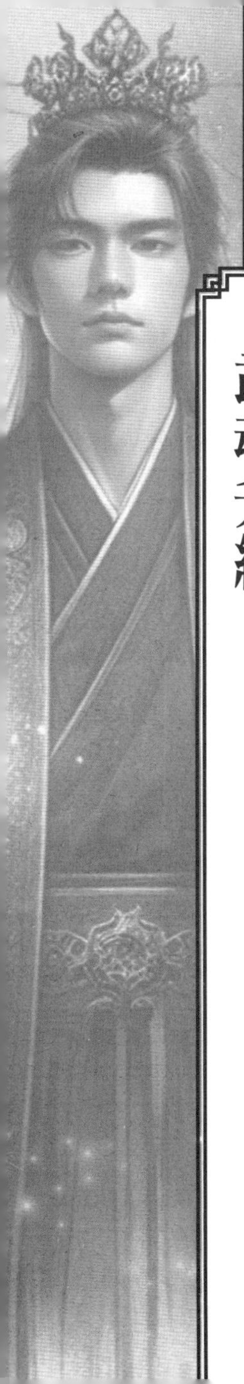

第二章

武魂升級

李鋒顧不得疼痛，身子順勢騰空向側後方向扭動，急速旋轉一百八十度，來了個大翻身。雙腿成交叉狀，隨著扭動的身子慣性力量前後猛力掃向側後方的李青牛，同時手中的哨棒雙手掄圓了，順著身體在空中快速的轉動，哨棒畫出一道弧線，「嗚」的一聲砸向李青牛。

李鋒不愧是凝體境九重的修士，左右腿的連環腿和兩手中的哨棍連番打擊一氣呵成，每一道攻擊力道都有一千五百斤以上。一般的凝體境九重修士就是躲過連環腿攻擊，也難以招架哨棍的跟進打擊。

李青牛一招得手落地，就已看到李鋒不顧傷勢拚命的招式，迅即上身向後急倒，險險躲過李鋒的連環腿，然後就勢向側後一個就地十八滾。但是李鋒的哨棍如疾風般打擊而來，李青牛還沒有滾開，棍尖「啪」的一聲打在李青牛的腳跟。

李青牛「啊」的一聲慘叫，滾去兩丈多遠。

李鋒翻身落地，哨棍打到李青牛的腳跟後，慣性繼續打擊在地，將地上擊起一座碗大的坑。

李劍林乘著兩人交手的時間已經從後面趕了上來，見李鋒一擊落空，還沒有蓄勢之際，猛地提劍向身形未穩的李鋒襲來。

由於騰身在空中剛落地，力道的慣性加上手中哨棍打擊的反震力，對於李劍林的突然襲擊，李鋒根本無法穩住身子躲開，眼睜睜地看到李劍林的長劍刺入自己胸口，鮮血飆射。

李鋒嚇呆了，沒有想到這個李劍林如此心狠手辣。

「你這個廢物，今天這裡就是你葬身之地，哈哈！」李劍林見自己一劍得手，有些得意忘形，哈哈大笑起來。

但他剛笑出兩聲，突然「呯」的一聲炸響，李劍林的腦袋像一隻西瓜被重物敲擊般破裂出幾道裂縫，血水從裂縫中飛濺，灑向四方。但身子仍然直立在那裡，臉上的笑容還未消失，眼睛卻暴突出來，睜得如銅鈴，雙手還握著沒入李鋒胸中的長劍。

李鋒怒目圓睜，手中的烏木哨棍只剩下半截，另半截哨棍擊打在李劍林頭上碎的粉碎。因連續受到兩次重傷，此刻已經用盡最後力量的李鋒臉色像一張白紙，身子直挺挺地向後倒在地上。

隨著李鋒身體倒地，李劍林的身體也跟著倒在地上，再也一動不動，眼睛張得極大，臉如白紙，整個人如惡鬼一般。

「怎麼會這樣，這要回去肯定要受到責罰了，我回去怎麼交待呀？」站起來一隻腳瘸拐著準備繼續攻擊的李青牛看到眼前的一切，整個人都傻了。事情發生的太快，他沒有想到會是這樣的結局。

看到倒在眼前的李劍林已經死的不能再死了，這是大長老的兒子呀，和他一起出來的三個人死了兩個，他怎麼向大長老和族長說清楚呢？

他一邊口中不停的叨咕著，一邊六神無主的四處張望。

不一會，他冷靜了下來，一瘸一拐的靠近倒在地上的李鋒，心想事已經成這樣，先將李鋒身上的財物搜刮了再想辦法吧。

就在這時，一道恐怖的閃電劃破長空，隨即「刺啦」一聲後震耳的炸雷響徹當空，一團火球直接擊在地上的李鋒身上。

「轟隆……喀嚓！」隨著攝人心魄的炸裂聲，李青牛眼前出現一道異象。

驚雷直接將李鋒的身體炸得直立起來，從李鋒頭頂一團灰色武魂瞬間升起，雷電與武魂交織在一起，在武魂中發出億萬個電絲四處碰撞、游走。億萬個細小的電絲光芒璀璨，形成一個人形光亮影團。

李鋒身前周圍已經被雷電炸的泥土飛揚，李鋒身上的衣服幾乎燒得只剩下幾條冒著縷縷青煙的殘片，渾身血肉模糊，冒著青煙的身上伴隨著陣陣肉焦香味。

李青牛也被這團火球炸擊衝擊波掀起一丈多遠，他踉踉蹌蹌站了起來，空中又是連續幾道閃電，彷彿把整個空中撕開了無數道開口，每道開口中閃電不斷，像一把把火紅色的利劍連接天地，刺向莽林。

「刺啦……刺啦……」

無盡的閃電、炸雷襲來，連綿不絕，彷彿世界末日來臨一般。李青牛嚇得魂飛魄散，他知道遇到了莽林中傳說最強烈的雷暴，如果不及時離開，可能他的命也會丟在這裡。他顧不得腳傷，連滾帶爬拚命逃向莽林外。

李青牛剛跑遠，在雷暴閃電中，被雷電幾次擊到有躺在地上的李鋒再次從雷擊的地方直挺挺地站立起來。幾乎赤裸的肌膚被雷擊的傷痕累累，鮮血的紅色與燒焦的黑色和地上的樹葉泥渣浸染在一起，渾身已經不顯人形。

「我怎麼在這裡，我不是在趕往總部的路上嗎？」焦黑的身軀如幽靈一般響起一道喃喃自語的聲音。

此刻站立起來的身影，身體是李族的李鋒的，而靈魂卻是從無盡的時間空間穿越而來的Z國國家未來軍事戰略研究學院最年輕的三十二歲研究員李鋒的。

三十二歲研究員李鋒在西南大山深處的研究所，從億萬倍太空望遠鏡中發現從宇宙外起點有不明飛行物向地球襲來，他將情況向總部領導彙報後，準備連夜駕車趕回總部與相關專家研討時，在大山中遭遇突兀地出現極寒空氣流。

李鋒隨即失去知覺，車子失控，隨著車子的翻滾衝下懸崖。再次醒來時，身體已經是一具十六歲的年輕身體了，但卻保留著自己的全部意識和那名李族李鋒的記憶。

李族的李鋒已經死了，或者說李族李鋒的靈魂已經死了，而軍事戰略研究院李鋒的靈魂劃破時空穿越到李族李鋒身上。

「我怎麼穿越到這個玉龍皇朝，而且身在這個李族，惹上這檔子事？我還有緊要任務未完成，我該怎麼回去呢？」李鋒在周圍漫天的雷鳴和閃電中試著活動自己的身體，看能不能動。如果能動，必須想辦法離開這裡，想辦法回到他原來的世界。

李鋒頭頂與雷電交織的武魂在億萬璀璨雷電電絲撞擊下，由原來似隱似現的灰色朦朧狀變得越來越鮮亮，越來越實體一些了。

武魂在屬主遭到攻擊時本能地顯化，遭到強大的雷電能量刺激，竟然啟用了潛藏在武魂中的隱祕與潛能，將雷火中的本源與屬性融入。

武魂接收了雷火中的本源與屬性以及能量的滋補，不僅武魂也變得越來越具備實體，而且武魂的黃色暈輪隨著武魂的實體加深又增加了兩輪。

落在李峰身體上的強大雷電能量直接使他的武魂升級到人級三品。

「我的武魂竟然能升級！」

這是個天大的驚喜，在李族李鋒記憶的記憶中，這本來是個廢物武魂，而現在升級到人級三品武魂，這讓穿越於此的李鋒靈魂和李族李鋒記憶交織在一起，形成又驚又喜的情緒變化。

李族李鋒非常悲哀的就是自己的武魂只有人級一品。武修武魂一旦覺醒，就沒有辦法改變，除非傳說中的逆天改命，但這只存在於傳說，至少在玉龍皇朝就沒有聽說過這樣逆天機緣。

自己的武魂還有這種功能，竟然能自己汲取營養滋補武魂，武魂受到滋補還能升級。逆天改命也只能一次性改變武魂等級，但自己的武魂好像只要有這種雷電本源屬性能量，或者有其他的機緣造化就可以不斷升級。

這真是因禍得福呀！不僅雷暴對自己造成不了多大傷害，而且能通過吸收物質的屬性和本源壯大自己。

隨著武魂的升級，李峰原來受李劍林他們重創以及雷擊火燒傷害得已經破爛不堪的身體傷癒速度在加快。

儘管身上傷勢只恢復了兩三成，但李鋒能切身的感受到武魂還在吸收周圍不斷襲來的雷暴中雷與火的本源與屬性，甚至包括閃電與雷暴中的能量。

可能武魂是人級三品，等級還是太小的緣故，只能吸收雷電外層的零散能量，這種療傷恢復力相對微弱，武魂中轉化到自己身體的能量也很小。

但只要有時間，空間中有閃電和雷暴不斷，這種好處就會源源不斷，武魂還在不斷滋補和升級中。

這莽林中的雷暴不僅對他不是傷害，反而成了李鋒源源不斷的滋補品。

李鋒在狂暴的雷電中閉目靜修了兩個時辰，武魂周圍顯現四圈黃色光暈，已升級到人級四品武魂。傷勢也恢復了六成，而修為功力也有明顯增長。

李鋒旋即用意念主導武魂加大對雷暴中的能量吸收，頓時周圍五丈開外的雷電能量向李鋒武魂中飄來，被武魂吸收。這種吸收速度比原來快了近二十倍，雷暴中的零散能量吸收也加快了。

凝體境的武修主要是煉體。能量主要靠口來吞吐吸納天地靈氣修煉，天地靈氣非常淡薄，吸納三十天的天地靈氣才能補充大約一顆靈石的能量。

而吞服靈石煉化效率要快些，一般武修煉化一顆靈石只需要四十多個時辰。但靈石資源極少，一般武修很難有足量的靈石修煉。

所以開始李劍林為什麼要搶奪李鋒靈石的原因，只要有了足夠的靈石，就可快速的突破修為。

釋放武魂後又一個時辰，傷勢恢復到七成，但武魂沒有升級。可見武魂的等級越高，升級所需要的能量成倍增長。

又一個時辰，傷勢恢復到八成，武魂仍然沒有升級。

李鋒感覺修為有突破趨勢。武修從凝體境到凝氣境，就真正從凡修體進化到靈修體狀態，靈修體必須先開闢丹田。

凝體境修士力量能源在於肌體，而凝氣境修士功力發生改變，肌體的力量發揮的作用越來越弱，主要功力在於真氣。真氣越雄厚，功力越深厚，存聚真氣必須開闢丹田。

丹田丹田，顧名思義就是如禾田一般儲存真氣的地方。凝氣境武修功力大小決定於丹田大小，通俗的解釋就如氣球一樣，越大容納氣量越大。氣量越大，氣旋旋轉擠壓對外的衝擊力越大。

當然武修丹田不是簡單的氣球，只是讓大家淺顯易懂的明白武修功力決定於丹田容納真氣多少，也就明白真氣容納多少不僅要丹田要大，還要丹田壁壘的厚度與堅韌。

一般武修的丹田大約在十寸，妖孽天賦的武修也可以擴充到十五寸左右。李鋒溝通識海，在腹中凝聚丹田，利用意志力衝擊擴充丹田。

……

不到一息，李鋒將丹田凝聚。然後他凝神聚氣衝擊丹田，整個丹田就像一個微小的疲軟的氣球，在李鋒的靈識衝擊下不斷的鼓脹。

一寸、兩寸、三寸……十寸。

李鋒停頓了一下，感覺丹田壁壘顯得極為鬆軟，還有很大鼓脹的空間，他心中一喜，自己的丹田應該可以達到十五寸，他開始繼續在衝擊，開闢丹田。

十一寸、十二寸……十五寸。

李鋒感到自己的丹田韌性與眾不同，依然有很寬廣的擴充空間。

十六寸、十七寸……二十寸，丹田沒有撐爆感覺，李鋒有些驚喜，要知道在整個玉龍皇朝，還沒有聽說過有超過超過十五寸丹田的武修，他已經達到二十寸，仍可以繼續擴充。

二十一寸、二十二寸……直到二十九寸，幾乎已到丹壁承受極限。

李鋒沒有停，他要繼續再進一步，但擴充速度慢了下來，試探性地慢慢繼續擴充，直到感覺再衝擊就要爆炸時，他停止了。

三十寸，他創造了三十寸丹田的奇蹟。如果讓外人知道他有三十寸的丹田，會把他當成一名妖孽看待了。

李鋒運用靈識感受自己的丹田，整個丹田呈九層梯田，從第一層到第九層，從低到高排列，每高一層空間比下一層增長五倍。

完成了丹田的衝擊，李鋒著手對丹田壁壘進行築基強化。壁壘的厚度與韌性也是丹田能量的重要基礎，他要牢固壁壘後，再衝擊凝氣境一重。

過來半個時辰，他認為壁壘牢固後，隨即釋放出人級四品武魂吸收雷電釋放的恐怖能量。既然武魂具有這種奇異功能，不能浪費空中散發的恐怖雷電能量，趁此機會能有多少就吸收多少，讓這能量衝擊凝氣境一重。

一個時辰後，周圍五丈開外的雷電能量被武魂吸收，然後煉化為真氣聚入丹田第一層。

兩個時辰、三個時辰……武魂在吸收雷電本源與屬性後得到滋補，武魂的周圍又升騰出一圈光暈，五圈黃色光暈，人級五品武魂。

又過去了五個時辰，天空閃電已經漸行漸遠。武魂已經沒有雷電的能量吸取，儘管吸收的是雷電中的零散能量，所含能量也不是靈石能比的，吸收幾個時辰，丹田一層的真氣接近飽滿，但還差一點。

李鋒睜開眼，身體傷勢已經完全恢復。整片莽林極遠處依然有雷電轟鳴，除了遠處偶爾傳來一兩聲妖獸的吼叫，周圍已經寂靜了很多。

看來現在只能依靠吸收天地靈氣了，但天地靈氣相比雷電的能量就天差地別了。丹田越大，所需要的能量越多，也不知還需要多少能量才能突破到凝氣境。

「不是還有二十顆靈石嗎？」李鋒潛意識地摸了一下口袋。

他這才發現自己全身幾乎裸體，衣服已經被雷擊火燒得只剩幾片零零碎碎掛在身上。

李鋒轉頭看到躺在不遠處李劍林的屍體，站起身來走到李劍林身邊，把李劍林的衣服拔了下來穿在自己身上，在李劍林的口袋中摸到一顆靈石，還有十幾顆凝體丹，十一兩黃金。

「我的儲物袋中二十顆靈石呢？沒有被李青牛搶走吧？」收集完李劍林的物資，他順手將李劍林那把玄級黑劍掛入腰間。

他這麼多年來每月沒有吸收完的靈石積累起來，這個月領到十顆靈石，加上這麼多年來積累也就二十顆靈石的財富了。

李鋒在方圓十丈遠的四處找了半個時辰，只找到十三顆有些破碎不一，散落在地上各處的靈石。他又擴大到方圓二十丈找了半個時辰，只找到幾粒靈石碎粒，其他的靈石始終也找不到了，可能被雷電擊成粉粒散撒在莽林中無法尋見。

「行了，就這麼多吧。」李鋒打算用這些靈石修煉，嘗試一舉突破到凝氣境。根據經驗，吸收靈石修煉，這些靈石原來需要近四十來天左右。

現在有人級五品武魂，預測煉化能力應該是原來二十倍左右，也要兩天時間，雷暴已經過去，莽林中的妖獸就會出來活動，在這莽林中修煉兩天，危險係數極大。

李鋒找到一處隱蔽的山洞，搬來一些兩三百斤的大石將洞口封住，然後盤坐於洞中。

他先拿出一顆靈石吞服，近一個時辰，武魂直接將靈石吸收煉化，煉化速度要比原來快了二十多倍。李鋒接著又吞服了一顆靈石煉化吸收，兩顆靈石煉化後，真氣有明顯增長。

不知不覺，李鋒在洞中修煉了兩天時間，當他把衣袋中的靈石和大一些靈石碎粒煉化後，頓時感覺丹田一層真氣鼓脹，已經觸動氣旋，真氣在丹田中飛速旋轉起來形成氣旋之力，彷彿有無窮的力量灌入全身血脈，頓時氣勢升騰，彷彿渾身有萬斤之力。

這就是凝氣境一重的感覺嗎？他的記憶中記得族長說過，形成丹田，第一層丹田鼓脹，觸動氣旋，氣旋將真氣灌入血脈，也就達到凝氣境一重。

「突破了！凝氣境一重。」他感覺自己的力量是原來的十倍都不止。主要的是原來凝體境時，必須用自己體質力量去擊打到對手，才能造成對手的傷害。

現在不同了，現在凝聚了丹田，只要有充足的真氣，真氣融入血脈和穴道，可以隨心所欲的把真氣灌入身體的任何部位或者兵器中，用真氣之力遠距離打擊敵人，這就是凝氣境與凝體境的區別。

李鋒試著將丹田中的真氣灌入兩手，然後兩手相合，猛地將集於雙手中的真氣團閃電般向一丈遠的一棵碗粗樹幹擊去，剎那間真氣旋像一團鐵球擊打在樹幹身上，「喀嚓」一聲半根樹幹斷裂倒地。

「嗯，不錯！」李鋒只使用了丹田中一成的真氣力，如果全力以赴，感覺可以與一般凝氣境二重的武修比試一下了。

李鋒站起身，但此時他不知道往何處走。他原來的世界不知在何方？怎麼回去？

「還是回到李族吧！」李鋒決定先在李族落腳，再走一步看一步吧。但是他殺了李劍林，雖然是自衛反殺，大長老肯定不會輕易放過他，李鋒又有些猶豫不決了。

「不過有然叔，也不至於有生命危險吧。」

正當他準備推開洞口的大石，突然洞外由遠而近傳來一陣急促的腳步聲，他停止了動作屏氣靜聽。

「紅薇師妹，我已經愛慕妳很久了，我會真心對妳，妳就從了我吧！」

「賀選，你真卑鄙！」

「我太想得到妳了，我等待這一天已經很久了。呵呵！今天將生米煮成熟飯，妳就是我的人了。」

「賀選，我今天死也不可能讓你侮辱。我跟你拚了！」

外面沒有再有言語，而是傳來一陣陣的打鬥聲。

「這不是幾天前剛進莽林時救過自己的那名五雷天宗女弟子嗎？」

聽聲音和對話內容，李鋒已經明白救過自己的五雷天宗女弟子遇到歹徒，可能有危險。

李鋒沒有多想，迅速搬開山洞前的大石。透過山洞口看到山前莽林中山石四濺，樹木橫飛，一名青衣男子看來修為應在凝氣境三重，可能施展了一種玄妙身法類武技在空中閃展騰挪，身輕如燕，雙手持兩把鑌鐵鐧嗚嗚生風，每一擊都是快準狠，犀利無比。

那名五雷天宗女弟子的臉已經紅透，渾身的汗水已經濕透衣服，緊貼皮膚的衣服勾勒出女子曼妙的身體曲線。

這名叫「紅薇」的女弟子修為也有凝氣境三重，本來可能戰力與賀選旗鼓相當，但事先被人暗算下藥，全身燥熱，四肢乏力，手使一把銀色長劍，儘管還在頑強抗擊對方的打擊，但已經有氣無力，打鬥間汗如雨下。

賀選望著眼前的師妹，口中火燒火燎，他收好雙鐧，意沉丹田，將全身真氣凝聚，隔空一拳打向女弟子。女弟子用雙手出掌，灌入真氣護住胸前，但賀選一拳的力道太大，將女弟子的雙手擊開，真氣繼續打在女弟子的胸口，「砰」的一聲，女弟子倒地吐出一口鮮血。

賀選目的只是打傷，所以沒有用全力。見女弟子倒地，飛速躍到她身前「呵呵」發出兩聲淫笑。

就在這時，他感到有一股冰涼的風急速的在他後背襲來，讓他頓時毛髮炸立。

「有人偷襲！」這種危機感迫使他本能的向旁邊急閃。

已經遲了，不僅襲擊來的突然，而且剛才賀選精神集中在師妹的身體上，靈識有些遲鈍。

「噗哧！」一把黑劍深深的刺入賀選的左腰。

李鋒知道自己的修為沒有賀選高，但這女弟子曾經救過他，就是打不過，也不能眼睜睜看到她被害，所以他採取了偷襲。只是修為低了太多，否則這一劍肯定直接要了賀選的命，最差也會讓他重傷。

「你是誰？竟敢偷襲我！」賀選反應過來，腰中鮮血直流，他趕緊運功止血，面對襲擊他的人大聲喝道。

「哦！是你這個螻蟻，膽子不小，還想英雄救美？」當賀選看清來人面目，記起幾天前的事。

「這位小弟弟，你打不過他，你快跑，到你左前三十里有我們五雷天宗的營地，快叫人來救我。」這個叫紅薇的女弟子也認出眼前出手救她的少年是之前偶遇的那名少年。

「來了還想走，沒有本事就不要多管閒事，管了就要付出生命的代價！」賀選滿臉猙獰，他已經氣急敗壞，手提雙鐧猛烈地砸向李鋒。

李鋒本身也沒想走，他想檢驗一下自己三十寸的丹田到底戰力有多大，他沒有認為現在的修為能打贏五雷天宗的弟子。

但他剛才偷襲成功，對方已經受傷的前提下，有自信消耗對方一兩個時辰是沒有問題的，爭取到這個女弟子氣力恢復過來，或者有其他的五雷天宗的弟子發現這裡的情況就會有轉機。

看到賀選雙鐧中真氣流露，力道如山的砸向自己，李鋒身體左腳側後退了一步，右腳支撐起身體呈前弓步，真氣全力灌注在右手的黑劍之中。

這把黑劍是從李劍林手中所得，是大長老給他兒子的一把玄級下品兵器，能給他帶來戰力加成。

雙鐧砸在黑劍上，李鋒右手虎口裂開流出鮮血，黑劍差點從手中飛出。李鋒極力穩住身子，但是還是倒退了十幾步，心中熱血翻滾，嘴角一絲鮮血流出。

看來剛才賀選與他師妹交手根本沒有使出全力，一直在玩貓捉老鼠的遊戲。面對眼前的這個壞了他好事的李族弟子，他恨不得一招就擊殺掉，使出了八成的修為功力。

李鋒感到高兩個境界不是他三十寸的寸丹田所能彌補的，他只是相當普通靈氣境一重武修三倍丹力而已，而高一個境界，肯定遠遠不是三倍丹力，高兩個境界他的差距就更大了。

「嗯！一個凝氣境一重的李族螻蟻，竟然有如此力量？」賀選從黑劍的反震力中感受到他有些小看李鋒了。

他剛才沒有用全力，但是他很有自信剛才一擊完全可以直接將普通凝氣境一重擊殺，再不濟也會重傷。但這個李族弟子竟然只倒退了十幾步，好像沒有受傷。

「看來硬拚我堅持不了多久，搞不好救不了人，還要把命搭上，只能採取拖延戰術了。」李鋒止住身形，思量面臨形勢後，決定採取與對方遊鬥拖延時間。

李鋒不進反退，轉身向五雷天宗營地方向跑去。

賀選見李鋒逃走，心想這個李族弟子肯定是感覺到他的修為強大，不敢迎戰逃了，如果憑自己身法武技，很快就能追上。但以剛才李族弟子表現出的戰力，想一時半會解決戰鬥是不可能的。

時間拖久就會生變，反而讓他籌謀已久的機會失去，下次師妹就會對他產生警惕，不可能有機會了。乘此機會將生米煮成熟飯，憑著他在五雷天宗的關係，沒有人能會把他怎麼樣。

賀選思忖後並沒有向李鋒追去，而是轉身走向章紅薇。他決定先把這到嘴的美味吃掉，以後有的是機會解決那名李族弟子。

李鋒見賀選沒有追來，他有些凝重，急速思索著該怎麼辦。如果現在跑去營地叫人，五雷天宗他不認識人，不見得五雷天宗的人會相信他的話。一來一回，中間周折，這個賀選肯定趁這個時間將五雷天宗女弟子給糟蹋了。

「不能冒這個險，必須吸引賀選追來。」李鋒決定繼續冒險襲擾賀選，讓他無法得逞。

地上的五雷天宗女弟子圓潤的瓜子臉上本來微黑的皮膚已經漲得通紅，紅潤的小嘴急速張合，氣喘吁吁，胸口不斷地起伏。整個身子已經軟成一團爛泥在地上形成妙曼的曲線，好像一朵沾滿晨露鮮豔欲滴的鮮花任憑採摘。

賀選血流加速。他收好雙鐧，欲動手撕開師妹的衣釦。紅薇師妹極力扭曲全身，但無力抗拒，心中已經絕望到極點，眼中滾出兩滴屈辱的淚水。

「住手！有我在這裡，今天你別想得逞。」李鋒見賀選沒有追他，提劍大叫一聲，反身一步縱出一丈多遠逼近賀選。

他要不斷對賀選進行襲擾，只要對方反擊，他就躲避遊走，只要不與對方硬抗，拖延一兩個時辰還是有這個自信的。

賀選聽到後面李鋒喊叫，猛地咽一口口水，瞬間升騰起萬丈怒火。這個李族的螻蟻，真的像塊狗皮膏藥黏上他了，看來不解決這塊狗皮膏藥，今日難成好事。

賀選也是一名殺伐果斷之人，毫不猶豫取下雙鐗，回身迎向李鋒。

李鋒見賀選轉身，他早有預見，雖然口中喊得厲害，但是逼近賀選的速度不快，距離控制在一丈多左右止步不前，隨時保持退卻之勢。

賀選舉鐗砸向李鋒之際，李鋒已經一步退回，距對方又有三丈開外。

賀選此次沒有停步，而是施展出自己的「騰風步」武技，飛速逼近李鋒。他要全力使出自己的殺手鐗，徹底解決這塊狗皮膏藥。

李鋒見賀選已經動了真格要追他，旋即也加快了速度，但李鋒沒有練習步伐武技，修為也弱一些，不到五息時間，賀選就已逼近距離不到兩丈。

「莽林中隨時都有妖獸出沒，也不能跑太遠。跑遠了，眼下沒有一絲氣力的女弟子可能面臨妖獸吞噬的危險。」眼看賀選已經逼近自己，李鋒還在思考如何解開面臨的困局，現在的李鋒可是經驗豐富的未來戰略研究員穿越而來，思維縝密。

李鋒飛過一棵大樹旁，他身體騰起，旋即左腿向左方大樹上猛力一蹬，身子突然向右成九十度如箭矢一般飛射出兩三丈遠。

賀選在後面急速追進，由於速度太快，等他追到大樹前，反應過來想要止步時，速度的慣性將身體衝過了大樹一兩丈，距離又拉大到五丈左右。

賀選不愧為凝氣境二重修為，不僅把身形硬生生的止住，而且利用慣性的力量來了一個後空翻，同時運力促使身子也斜射出去，動作一氣呵成，沒有一點拖泥帶水，又逼近李鋒只有三丈多了。

李鋒就圍繞著五雷天宗女弟子周圍在莽林中一會右，一會左的閃避逃跑。兩個人一個跑，一個追了近半個時辰，賀選已經習慣了李鋒的套路，距離越來越拉近，看到距離只一丈遠。賀選猛然加速，雙手一運力，雙鐧帶著嗚嗚的風聲嘯叫向李鋒後背砸來。

李鋒感覺後背冷風襲來，急忙將真氣全部調集後背全力護體，身體側後飄閃想卸掉賀選正當背的力道。

「哧啦」一聲，李鋒的右臂衣服被鐧直接撕破，並且將右臂刮掉一層肉片。李鋒險而險的躲過賀選一擊，但整個右臂滲透出的鮮血直流，染紅了右臂衣衫。他顧不得傷勢和疼痛，繼續向前縱出。

就在這時只聽一聲「啪」的脆響，李鋒從空中跌落下來。

一股真氣之力像一把錘子擊打在李鋒腰間，賀選雙鐧沒有擊中李鋒要害，趁李鋒閃身躲避耽誤的時間，欺身上前。

李鋒一味急於逃跑，整個後身暴露給賀選只有不到兩丈遠，賀選旋即將右手的鐧灌入真氣，甩手將鐧如弩箭一般砸向李鋒，賀選這招確實狠辣。

李鋒急於逃跑，後身空門大開，距離又近，中招後口中鮮血狂噴，倒在地上身體難以支撐，轟然砸在地上，將地上周圍厚厚的樹葉震起兩尺多高。他沒有實戰經驗，在你死我活的生死戰中短兵相接時，一昧避讓就會有破綻。

拚殺中意識上要逃跑時，必須先攻後退，哪怕修為低於對手。如果剛才趁賀選一擊未中沒有蓄積力量時，乘勢轉身提劍反擊，賀選必須選擇退卻防護避其鋒芒，此時再乘機離去，那麼就不會出現這種情況了。

在逃跑中要有適當的反擊，反擊要有真有假，假是為逃跑創造機會，真是趁敵人以為是假疏於防備，乘機發起致命一擊。運用多了敵人就不知道你哪一招是真，哪一招是假，招招都要認真應對。

狹路相逢智者勝，攻擊有時候才是最好的防守，起碼可以讓敵人多一些防範，極大地降低敵人攻擊機會和次數，讓自己有充分的逃離安全。

「跑呀！一隻螻蟻也配跟我玩，今天我要將你碎屍萬段！」賀選一邊咬牙切齒的怒罵，一邊提鐧走到李鋒身邊。他要馬上殺死李鋒，他給紅薇師妹下的春心軟骨散藥效只有兩個時辰，從下藥到現在已經一個時辰了，如果再不快速解決眼前這個麻煩，再過一個時辰，紅薇師妹恢復功力，就難讓其就範了。

當賀選走近李鋒舉鐧就要砸下時，李鋒突兀的一個烏龍絞柱，雙腿像旋風一樣向空中旋轉衝去，然後身體隨著兩腿加速旋轉升空，李鋒手中的黑劍也如龍轉風般向賀選身體橫掃過去。

此時的李鋒是未來軍事戰略研究學院的研究員穿越而來，雖然沒有經過實戰，但人聰明剔透，兵法理論知識可以說是滿腹經綸。

剛才受到賀選的真氣團攻擊，關鍵時急調真氣護體，加上李鋒平時築體紮實，用急調的真氣加上強悍的身體硬抗，雖然受傷很重，但不至於沒有還擊能力。吃一塹，長一智，李鋒已經徹底醒悟，腦袋急轉間，來了一個將計就計，假裝垂死不動，等賀選近到身前突然使出致命一擊。

賀選太自信了，他沒有想到這鄉下螻蟻竟然有如此狡猾，竟然詐他。當反應過來時已經遲了，他有一種臨死的恐懼感，頭上毛髮炸立，全身冷汗冒出。

這一劍李鋒是做好充足準備的，蓄積全力，加上烏龍絞柱的招式，旋轉之力加持在劍中，威力無窮，只要被劍掃中，肯定會被攔胸削成兩截。

太近太突然了，賀選只有身體與意識的本能了，只有久經生死搏鬥的人，在遇到重大危機時反應與普通人是不同的。

普通人遇到突發情況時腦袋一片空白，呆若木雞。而經常遇到重大危機洗禮的人，不用想身體與意識本能就會做出救命的動作，這是一種經驗的條件反射。

賀選身體本能的向後頓移出去，這是一種毛髮炸立後的身體本能激發，力量和速度幾乎超出了正常發揮。手中兩鐧同時本能的向李鋒掃來的鐧擊擋。

黑劍強勢切入賀選的左腹部，然而賀選退得快，黑劍掃入他腹部四五寸後從左向右切過，在划過小腹接近中部時被賀選使出的兩鐧擋住，阻止了黑劍的繼續傷害。

李鋒的黑劍被雙鐧擊擋後，隨著李鋒身體旋轉滾倒在地而沒有繼續對賀選身體造成傷害。但此時賀選半邊腰身被劃開接近半尺來長的開口，鮮血直飆。

賀選迅疾收好雙鐧用左手捂住腹部，右手從儲物袋中取出三顆療傷丹藥服入口中，開始運功止血。

李鋒也是在重傷之下趁其不備，拚盡全力，魚死網破的一招，沒想到這個賀選戰鬥經驗如此豐富，這都沒有把他弄死。

此時倒在地上的李鋒一股血氣翻湧，又吐了一口血，雖然感覺身體天旋地轉，但他頑強的一手支撐起身體，一手提黑劍，兩眼虎視眈眈地盯著兩丈開外的賀選。

賀選正在極力運功療傷，這次傷得太重了，現在只是做了一個簡單的處理，如果不及時回宗門療傷，會傷到自己根基，甚至隕落。

他沒想到在這裡被這個螻蟻般的弟子搞得如此狼狽，差點陰溝裡翻船隕落在此。賀選已升騰起無盡的恨意，一定要把這個李鋒先折磨的生不如死，再將其碎屍萬段才解他心頭之恨。

「你等著，早晚我會找你算這筆帳！」賀選望著躺在地上手提黑劍虎視眈眈望著自己的李鋒，他不知道李鋒還有多大戰力，不敢拿自己生命冒險，決策也是果斷，決然地向莽林外走去。心中還是懊惱這次計畫肯定要泡湯了，但只要有命在，以後一切都可以籌劃。

李鋒見賀選遠去，身體繼續支撐了不到一息，頓時渾身一軟，癱倒在地。他有點後怕，剛才他是拚盡全身氣力才能把身體支起，如果賀選繼續追殺他，他只能引頸任人宰割了，他慶幸自己賭贏了。

「現在要盡快恢復氣力，然後與那名五雷天宗的女弟子匯合。」李鋒思考著，經過打鬥，這裡血氣很濃，肯定會引來妖獸，雖然賀還走了，但危險依然存在。

李鋒開始運氣療傷，同時他將自己口袋摸了幾遍，終於找到兩粒細小的碎靈石，總歸比沒有好，隨即吞入口中，不到一息，煉化後的一小股能量輸入丹田。

感覺氣力有所恢復，李鋒慢慢試著站了起來，一邊恢復，一邊蹣跚地向五雷天宗女弟子方向走去。

大約一刻鐘，他見到五雷天宗女弟子身子背靠一顆大樹，微黑的皮膚已經披滿紅霞，無力而迷離，向李鋒投來渴望的目光。

「看來藥性仍然沒有退，怎麼辦呢？」李鋒走到女弟子身前，女弟子臉紅得更厲害了，伸手要拉李鋒，已經是過來人的李鋒很清楚這個女弟子想要幹什麼，他思忖著如何解決這個女弟子的問題。

李鋒在周圍找到一個野山柚樹，樹上還有兩顆成熟未掉落的野山柚，他摘了一顆野山柚，用劍削開，挖掉中間的柚肉，做了兩個柚瓢，再找到一座山泉舀了兩瓢冰涼的山泉水，他再次走近女弟子，將兩瓢山泉水全部澆在她頭上、身上。

女弟子渾身一激靈，從雙眼中才看出一絲清明，同時也露出絲絲驚恐。

現在沒有別的辦法，李鋒只能通過冰涼的山泉水刺激女弟子保持清醒。不是李鋒對女弟子沒有感覺，女弟子無論姿色還是身材可以說是人中之鳳，萬中挑一。

經歷過繁華世界，也遊歷過異族風情的李鋒還是第一次碰到這麼不食人間煙火的少女。美麗而端莊、潔淨而純樸、野性而性感。

與女弟子四目相對，李鋒的心顫動的厲害，久歷世故還是第一次這樣心靈自然而然顫動的如此激烈。

李鋒是男人，但李鋒是有底線的男人。他一直堅循的原則是君子愛財，取之有道；君子好色，兩情相悅。

他絕對不做乘人之危之事，絕對不做主動害人之事。不僅是為人處世原則，這也是他的生活境界。

就這樣在山泉與女弟子之間來回跑了幾次，李鋒已經氣喘吁吁，他的體力還沒有恢復過來。

「這樣也不是辦法，趁這個女弟子有稍微清醒，乾脆把她扶到山泉水池裡泡著，藥性要醒得快些。」李鋒一邊想一邊行動，他一手抓住女弟子手臂，一手搭在女子的腰間。

這種舉動讓李鋒全身開始燥熱，他極力控制著自己，試著用牙齒把自己的嘴唇咬出血，並迅速閉上雙眼，他不敢看女弟子已經濕透緊裹衣衫的軀體。

五雷天宗女弟子在剛才幾瓢山泉水的刺激下有了一絲清醒，看到李鋒這樣，她也盡力克制自己，配合著站起身來，在李鋒的攙扶下一步一步走向山泉池。

兩人大約二十來息時間才走到山泉池邊。就在這時，女弟子氣息突然喘得厲害起來，身子一陣扭動，反身撲到李鋒懷中，兩手用盡了力量把李鋒緊緊抱得喘不過氣來，同時頭急切地向李鋒的頭湊去，兩片紅唇死死的壓在李鋒的嘴上。

李鋒一邊極力控制自己，一邊拚命的掙脫。但此時女弟子的力量特別大，無論李鋒如何掙扎，女弟子的手像兩條藤條一般死死的纏住他的身體，讓他無法掙脫。

「完了，我已經控制不住自己了。」李鋒一陣陣亢奮，一絲意識已經控制不住身體，他兩手本能的抱緊了女弟子，身體順勢倒了下去。

「噗通！」兩人剛好倒在山泉水池中，冰冷的山泉水把兩人淹沒。

「不行！我不能這樣。」冰冷的山泉水的刺激又讓李鋒清醒了過來，他將抱住自己的女弟子不斷四處游動摸索的手鬆開了。

女弟子彷彿也清醒了很多，不自覺也鬆開手。

李鋒乘機走上岸去，坐在岸邊，心中仍然蹦蹦跳過不停。

正在李鋒想靜靜的休息一下時，突然空中颳來一陣狂暴的腥風，李鋒感覺一聲聲震耳欲聾的妖獸吼叫彷彿就在頭頂傳來。

李鋒渾身一顫，猛然抬頭望去，只見山泉池水源上游有一座小山崖，一隻紅眼吊睛、全身黑灰紋路的魔虎妖獸居高臨下向李鋒撲來。

真是一波未平一波又起，屋漏偏逢連陰雨，李鋒感到一陣悲慘。

「難道今天要死在這裡？」李鋒這麼想著，但身體已經順著地勢向旁邊的斜坡就地十八滾，剛好是一個斜坡，他滾去四五丈遠。

吊睛黑魔虎撲空落地，望了望滾去有四五丈遠的李鋒，又望了望泡在山泉池中的女弟子。女弟子看見吊睛黑魔虎望向自己，身子不自主的向水池中央移動了五六步。

吊睛黑魔虎雖然沒有靈智，但是本能還是對水潭有些畏懼，牠沒有急著進入山泉池，先用前爪在池水中試探了一下，這是初春季節，深山中的泉水仍然冰涼刺骨，牠把前爪收了回來，然後在水池周圍徘徊起來，準備尋找機會。

李鋒滾去四丈多遠後站起身來，看見這隻吊睛黑魔虎繼續守在水池邊，時間久了，肯定會按捺不住妖獸的凶性對水中女弟子發動攻擊，如果引來更多妖獸就更麻煩了。

「估計這是隻一級九層妖獸，如果我沒有受傷，應該能輕易對付。現在傷與氣力還沒有恢復的情況下，面對拚殺，只有被妖獸吞噬的份了。」李鋒有些猶豫，但最後還是決定先把妖獸引開，化解眼前危局。

他手提黑劍，口中發出噭噭叫聲，作勢衝向吊睛黑魔虎。

這隻妖獸聽到李鋒噭噭叫聲，把頭轉了過來望向李鋒，可能心裡在想：「我不吃你，你還要送上門來了，那就不要怪我不客氣了！」

「噭噭！」一兩聲悠長的虎嘯，吊睛黑魔虎兩後腿蹬直，兩前爪向空中撲出，整個獸身拉長有兩丈多，像是一支巨大的離弩之箭射向四五丈遠的李鋒。

小小人族竟敢挑釁我虎爺的虎威，不一口把這名人族小子吞掉，難解我虎爺心頭的怒氣。

李鋒看吊睛黑魔虎已經被激怒向自己撲來，早就選好了逃跑方向，側身向左邊茂密的莽林中瞬間跑出十來步遠，他這還是調集了全身功力。

現在的他已經凝氣境一重，而且不是普通的凝氣境一重，如果沒有受傷，一步跨出可以達到三丈多遠。

吊睛黑魔虎見李鋒轉向，也將自己笨重的身體原地拔起，扭頭衝向跑遠的李鋒。

雖然李鋒利用林深樹密，採取人的身體靈活性忽左忽右，閃避騰挪，堅持了六十多息時間，李鋒就感覺氣力不繼，丹田內本就不多的真氣幾乎耗空。

吊睛黑魔虎已經被李鋒激怒得嗷嗷嘯叫，縱躍間帶動莽林中腥臭疾風使兩邊的樹颳得嗚嗚擺動，樹葉在空中狂舞。

「噗哧」一聲，吊睛黑魔虎已經撲到李鋒身上，李鋒躲避不及，左手臂和左背被生生的撕下兩塊肉，鮮血直流。

李鋒左手左背受到虎爪的抓力，身子失去平衡，一個踉蹌，一陣鑽心的疼楚差點讓他暈過去。在情急之中，他緊咬牙關，已經顧不得渾身在流血，順著虎爪拍擊力道，就勢向左側身前躬身倒地，連續側滾了七八圈，化解了虎爪強勁的力道並與吊睛黑魔虎拉開了兩丈多距離，地上翻滾過的地面樹葉上一片鮮紅。

吊睛黑魔虎將爪中兩片血肉吞進口中，人肉的鮮美和血腥讓牠更加亢奮，更加凶猛的撲向已經滾在左邊兩丈多遠的李鋒。

滾到兩丈多遠的李鋒不敢有半點懈怠，就勢一個烏龍絞柱，身子騰空立起後旋即向右竄去。人還只竄出三尺，虎爪就已經撲到。

吊睛黑魔虎前半身已經撲空，虎尾卻重重的掃在李鋒的後背，「啪」的一聲脆響，虎尾就像一根鐵棒結結實實打在李鋒後背上，李鋒一陣暈眩，感覺後背骨又被打碎了幾根，一口濃濃的鮮血噴出。

他直直栽倒在地上掙扎了一下，眼前一黑，再也無法支撐，他知道自己要死在虎口之下了，瞬間已經沒有知覺。

不知過了多久，李鋒朦朦朧朧感覺自己身上冰冷刺骨，人彷彿在騰雲駕霧一般在空中飄蕩。

「難道自己死了？被這吊睛黑魔虎吃掉了？現在到陰間的路上？」黑暗中李鋒潛意識不斷的疑問。

「死了應該沒有疼痛感，我怎麼感覺這麼疼？」他嘗試著想睜開眼，但是眼皮如千斤重一般難以抬起，他拚命地掙扎了十幾次，終於眼皮睜開，眼前雖然暗淡，但還是感受到一絲光亮，他感應到有個模糊的人影在晃動。

「你醒了，沒死就好，可讓我擔心死了。」一聲清脆悅耳的聲音傳來。

李鋒聽到眼前有人說話，他明白自己沒有死。

他將眼皮眨了眨，完全睜開了雙眼，一張絕美的臉出現在眼前，兩隻大眼睛緊張地望著自己。

眼前是那名被賀選下藥的五雷天宗女弟子，應該是她救了自己，李鋒想道。

他想撐起身體，但渾身酸痛沒有半點力氣。

「別動，你傷得太重了，我給你止了血，服了生肌療傷丹藥，你已經在這洞中昏睡兩天了。」女弟子按住他的身子。

「那隻吊睛黑魔虎呢？我沒有被吃掉？」李鋒問道。

「若牠吃掉了你，你還能在這裡說話呀！也得感謝你把我放在山泉水池中，那個人渣的藥不是很厲害，只要藥效驅除，儘管功力沒有完全恢復，滅殺一隻一級九重的妖獸對於我來說沒有多大問題，還好我趕到得及時，否則我要對你愧對終身了。」女弟子發出銀鈴般的笑聲，說完對李鋒笑道。

「謝謝你救了我！」李鋒看到女弟子笑時，臉上現出兩個迷人的酒窩，美麗動人，他有些難為情，連忙收掉眼光，嘴中向女弟子道謝道。

「謝我什麼，是我要感謝你，不是你拚命救我，你也不會這樣。」女孩見李鋒蒼白的臉上現出紅暈，她又是咯咯一笑，急急地說道。兩隻大眼睛盯著李鋒，閃出別樣的光芒。

「是妳先救我的，受人之恩當湧泉相報。」李鋒說道。

「如果我先前沒有救過你，難道你就不會救我囉？」女弟子笑著盯著李鋒，顯得極為嫵媚。

「我……我……」李鋒支支吾吾地說：「也不是，我的意思是妳也不用感謝我，是妳先救我的。」

「那如果沒有以前的事，你會救我嗎？」女弟子沒有得到答案還是不死心，繼續問道。

「應該會吧……」現在的李鋒意識中自己是個軍人，他能肯定自己遇到這樣的情況，無論是任何人任何情況，他都會挺身而出的。但面對女弟子咄咄逼人的神色，他回答的比較含糊。

「什麼應該會吧？算了……」女弟子彷彿對李鋒回答不是很滿意，隨即轉換話題：「我叫章紅薇，是五雷天宗外門弟子，你叫什麼名字？」

「我叫李鋒，是離這裡不遠的青龍鎮李族弟子。」李鋒報出了自己的名號。

「你不是還有兩名同族弟子嗎？」章紅薇疑惑道。

聽章紅薇問，李鋒也沒有隱瞞，就將章紅薇離開後的情形如實告訴了她，當然他沒有說雷電中穿越的情節。

「我說了這兩人就不是好人。李族你也不用回去了，大長老肯定不會放過你的。等你傷好了，和我一起回五雷天宗吧，下個月我們宗派外門要招新弟子，我介紹你進五雷天宗外門吧。」

聽章紅薇一說，李鋒有些心動，確實眼下加入五雷天宗是最好的去處。但在李族待了上十年，然叔待他很好，做人還是要有始有終，不辭而別不是他的個性，還是回李族有所交待後再考慮進入五雷天宗。

「進五雷天宗有條件限制嗎？」李峰思考清楚後問道。

「很簡單，只要有凝氣境一重，武魂達到人級五品就可以成為試練弟子，經過一個月試練，沒有被淘汰就可正式成為外門弟子。」章紅薇見李鋒問，高興地介紹起來。

李鋒點了點頭但沒有回話，他感到身上一股暖意。轉頭四下打量了下周圍，這是他前幾天修練過的山洞，章紅薇又把幾塊大石堵住了洞口，只留一道小開口可以觀察外面。

洞裡還生起了火，兩人本來濕透的衣服已經烤乾。可能是丹藥的作用，李鋒身上的寒冷感漸漸消化，隨之而來的是由外而內的溫暖。

「你的傷都是外傷，只是流血過多，我們這次在外歷練，剛好帶的增神補血和外傷丹藥較多。還好你的體質很好，不要幾天你就能下地運動了。」章紅薇見李鋒沒有表態，轉而安慰李鋒。

隨後幾天，章紅薇每天都給李鋒餵服丹藥，並擦洗傷口。

李鋒身體恢復些後，又扶著他試著走動，活動筋骨，在她的細心護理療養下，李鋒身體一天比一天好起來。

「我這裡有一百顆靈石，還有一部身法武技，你這幾天可以試著修練。」見李鋒身體恢復得可以修煉了，章紅薇從自己的儲物袋中拿出一小袋靈石和一本武技書籍遞向李鋒。

「這麼貴重的東西我不能要！」李鋒連忙推辭。一百顆靈石差不多是他一年的修煉資源，而且那本武技肯定比一百靈石還要尊貴。

「我們這是過命的交情，你一個大男人就不要這麼扭扭捏捏了。以後你就叫我紅薇姐，你就是我鋒弟。」別看章紅薇照顧李鋒時顯得細膩周到，實際性格卻很豪放。她直接將靈石袋與武技書籍硬塞到李鋒手中。

李鋒心想看年齡妳也不會比我大，還要我叫妳姐姐。但具有兩種記憶的他都不是很計較的性格，而且對於章紅薇的義氣和細心照顧他還是有些感動。

從有記憶開始，李鋒就缺少真正的親情之愛，章紅薇的一言一行觸及到他內心的深處，他還真的感覺有這樣的姐姐是一種幸福。

章紅薇沒有再說話，直接走到洞口，雙手一運力，將幾塊幾百斤的大石推倒，然後回頭向李鋒一招手：「走，出去修煉，我幫你護法。」

李鋒也沒有再說什麼，他也覺得再說就是廢話，直接跟著章紅薇跳出山洞。

「你先熟悉這套身法武技，這套身法武技名叫『旋風騰挪術』，分為前騰、側挪、上旋、後翻四種技法，書中有每種技法的修練要領，如果練到大成，你的身法速度起碼會達到現在的兩倍，而且可以在快速運動中隨心所欲的極速變換方向。無論是戰力加成，還是甩脫敵人都有很大的助力。」章紅薇隨即對這本武技介紹道。

李鋒與賀選的搏殺中就感覺對方的身法極為巧妙，當時就滋生要學一套上乘的身法武技，以後搏殺中就不會這樣被動，真是想什麼就來什麼，他頓時大喜。

他也未扭捏，迅即展開書籍，按照書中描述進行領悟練習。他在李族一般都是淬鍊體質修煉，最多也就練習些簡要拳法，這本武技應該是黃級上品武技，在李族黃級中品武籍都極少。好像只有一本鎮族的黃級上品武籍，三四本黃級中品武籍，只有達到凝氣境和玄氣境的才可以借閱修煉。

領悟理論知識對原來就是學霸的李鋒就顯得輕而易舉了。不到一個時辰，李鋒已將書中一百多種技巧描述內容倒背如流，開始按照技巧進行練習。

「我這個鋒弟記憶力倒是妖孽！」旁邊的章紅薇一邊觀看，一邊思量，臉上露出喜色。

在山洞外，李鋒一一將前騰、側挪、上旋、後翻四大技法中的一百多個技巧動作反覆的比劃練習，章紅薇不斷的對動作進行糾正指點，進展速度很快。

第三章

第一次離別

兩個多時辰後，李鋒覺得對四大技法中一百多個動作已經非常熟練，原來在巔峰功力時一步可以跨出四丈多遠，現在如果恢復到功力巔峰他自信能一步跨出五丈左右。

重要的是在疾速直線運動中變換方向為了保持身體平衡，先要降速後才可轉向。但現在透過這種武技技巧根本無需減速就瞬間完成變向，這在實戰中敵人是很難應變的。

想到這裡，李鋒臉上不禁露出沾沾自喜的神色。

「不要高興得太早了，你才入門，小成都不到。剛才只是將技巧動作熟練了，要達到功法小成，要在不同的技巧中貫入不同的真氣之力，這要不斷的體驗。」

「貫入真氣少了，動作會呆滯不連貫；真氣貫入多了會促使發力過猛，身形不穩。」

「前騰、側挪、上旋與後翻每個都有三四十個小動作技巧，每個大動作，小技巧都要灌入不同的真氣功力，而實戰中根據所要達到的距離遠近、速度的高低，又要衡量輸入真氣之力的大小。掌控的好壞與熟練程度決定你發揮此武技的戰力大小。」

章紅薇見李鋒有些滿足，儼然一個恨鐵不成鋼的師傅教訓徒弟一樣叨叨個不停。

「你現在的真氣不足，無法發揮武技效果。接下來要煉化靈石，恢復功力。」章紅薇接著話題一轉，指導李鋒恢復丹田真氣。

李鋒感到有名嚴厲師傅的也是一種幸福。在李族的時候儘管有然叔偶爾指導，可能多種因素影響，也只是象徵性的指導，至於李鋒學會沒有，會了多少，他就管不了這麼多啦。

李鋒拿出靈石袋，掏出一顆靈石放入口中吞噬。

「你是這樣吞噬煉化靈石的嗎？這樣吞噬煉化的速度太慢了，難道沒有人教你用武魂吞噬煉化？有了武魂，吞噬煉化靈石應該是這樣的。」章紅薇見李鋒直接將靈石從口中吞入，不由得驚疑說道。

章紅薇說完，拿出一顆靈石，隨即運轉功力將靈石轟成粉霧，然後釋放武魂，武魂將粉霧中的靈氣盡數吸收然後直接煉化成真氣，這樣的效果要快得多。

李鋒看到章紅薇的武魂周圍有九圈黃暈，到底是五雷天宗的弟子，武魂品級極高，吸收和煉化效果要比李鋒快幾十倍。

李鋒也接著也學者章紅薇運轉功力將靈石轟成粉霧，頓時李鋒周圍充滿濃郁的靈氣。他迅速放出武魂，人級五品武魂發出強大的吸納力量，不到一刻的時間就將周圍的靈氣吸納一空，然後煉化成真氣灌入丹田，這樣確實吸收和煉化速度快多了。

「你這是什麼武魂？好奇怪呀！我從來沒見過你這種武魂，人級五品的吸納力堪比人級六品了。」章紅薇看著李鋒放出的武魂有些驚奇。

「我也不知道是什麼武魂，一覺醒就這樣。」李鋒也不多解釋，他也不斷驚奇自己的武魂能力，不僅能夠成長，而且隨著自己的修為提升，武魂也在覺醒它與眾不同的能力。

李鋒不再多言，專心煉化袋中靈石，不到一個時辰，在煉化到二十九顆靈石時，李鋒丹田第一層有充滿感，肢體與血脈的力量得到補充。

恢復功力需要的能量並不需要很多，因為無論怎麼使用，丹田的真氣不可能被抽空，他沒有停止練化。

經過多次的生死搏鬥，那種瀕臨死亡危機對身體每一個器官與細胞的潛能刺激，加上自己對修煉更深切的感悟，使丹田四圍丹壁變得更加凝練厚實，真氣的運用更加熟練與強勁，而丹田第一層與第二層之間的膜壁在真氣多次生死強勁沖刷下，壁膜層層剝落，逐漸變薄，有崩潰的跡象。

李鋒知道，只要衝潰這層壁障，將第一層和第二層合二為一，就能突破到凝氣境二重。

「機會難得，就此衝擊凝氣境二重。」主意已定，李鋒不斷轟碎靈石。

第三十顆、第四十顆、第五十顆……

武魂快速的吸收空中的靈氣並煉化，丹田中傳來難以承受的鼓脹，但那一層壁壘依然堅韌，像一片即將撐爆的氣球膜，已顯得薄如蟬翼般透明，但耐抗力超出預判。

繼續，再來，李鋒一顆接一顆靈石的煉化，五十一、五十二、五十三……

隨著越來越痛苦的鼓脹感，李鋒頭上已冒出滴滴汗珠，身上原來基本復原的傷口又滲出血絲。

「怎麼，你要突破？你不是說才突破不到十天嗎？」在旁看得明白的章紅薇眼露異色，這名鋒弟真讓她刮目相看了。

就在這時，從李鋒腹中發出像氣球被刺破的聲音。鼓脹感消失，李鋒輕鬆而舒適的吐了一口氣。煉化到第六十顆靈石時修為突破了，凝氣境二重。

丹田一層與二層合一，整個空間大了五六倍，真氣衝入二層空間，隨之而來的是一種飢餓感。李鋒繼續將剩下的靈石全部吸收煉化。

「鋒弟，你不斷刷新我對你的認知呀，你太優秀了！」章紅薇口氣略顯誇張，他們五雷天宗外門也有不少天賦好的弟子十來天突破一重修為的。但她的驚喜確實是真的，因為她雖然沒有賀選那樣瞧不起這些鄉下小宗族弟子，但還是沒想到李鋒能與五雷天宗的優秀弟子比肩了。

「紅薇姐，我能這麼快突破也要感謝妳，不是這麼多天來，妳天天用丹藥靈石餵我，我也不可能突破這麼快。」李鋒說的是實話。

這麼多天了，章紅薇也不知給李鋒服用多少顆丹藥與靈石，他從心底感激這名紅薇姐，也從內心上接受對這名女子如親姐姐的親近。

同時他切身感受到，他的修為突破一是需要大量的資源堆積，二是生死搏殺中的潛力激發，對修為的快速突破有著極大推動。以後他的修為之路要多收集充足的資源，不斷的實戰搏擊，特別是那種生死搏殺。

李鋒煉化完剩下的靈石後，境界穩固在凝氣境二重的初級階段。他感覺如果現在再遇到賀選，他有把握擊敗對方了。這不僅僅是丹田的優勢，而且他的戰鬥經驗與戰鬥技巧也得到了巨大的提升。

下一步修練重點是淬鍊丹田壁壘與身體強度，紮下修為根基，有了資源再向凝氣境三重突破。不過根據這次修為突破經驗，他要突破到凝氣境三重肯定需要巨大的修煉資源，這要機緣與時間積累了。

「現在還是把這旋風騰挪術修練到大成，這是現階段我力所能及的事。」李鋒對自己的修煉有著非常清醒而實效的籌劃。

李鋒氣沉丹田，丹田氣旋急速旋轉，將二合一的龐大空間真氣灌入身體，身隨意動，如旋風般向前飆射而去，眨眼間身體已到前方五六來丈開外。這時意念按照側挪技巧向右側旋去。

「砰」的一聲，李鋒這時身體像失去控制一般撞向右前方一棵碩大的古樹，八九丈高的古樹震得落葉繽紛，有寸厚的樹皮裂剝了一大塊。

「兩個問題，第一個問題在急速前行過程中要想變換成側挪，在運用側挪動作技巧時必須灌入比原來前騰技巧所用的真氣要大，如果不大，就會在慣性的趨勢下身體保持不了平衡。第二個問題很簡單，運力與技巧不協調，也就是不熟練。繼續！」看到李鋒摔倒，章紅薇迅即做出指導。

李鋒正在鬱悶，聽到章紅薇的指點頓時明白過來，隨即忍住渾身酸痛站起身來，繼續運力向前騰出。

兩人繼續在莽林中練習。其中章紅薇有三次親自示範動作，閃展騰挪，上旋後翻，身形就像陣陣颶風隨心而動。

就這樣一人專心的練，一人專心的教，時間匆匆而過。

莽林中，一道殘影在莽林中忽左忽右，忽前忽後，忽上忽下捲起陣陣颶風。李鋒將旋風騰挪術四大動作一百多種技法運用自如，身隨心動。

「不錯！不錯！我用了六天才將這套身法練到大成，你只用了兩天不到，真的讓我越來越刮目相看了！」章紅薇由衷發出感嘆，眼神中異彩連連。

「這全是有一位好師傅教得好！」李鋒不失時機地將功歸於章紅薇。當然他是發自內心的要感激她，這兩日她可是沒眨一下眼，不僅以身示教，而且把自己對身法武技的經驗和感悟不留私心的傾囊相授，就是親傳師傅都難做到的。

「還是你這小子有良心，你也沒辜負我的一片用心。」章紅薇禁不住內心的歡喜，儼然一副師傅的口氣說道。

「鋒弟，你的傷已好，修為也大長，我離開五雷天宗歷練營地有好多天了，該要回營地啦，你要與我一起嗎？五雷天宗的弟子招錄只有不到三十天了。」章紅薇隨即向李鋒問道。

「紅薇姐，妳先回營地吧，我準備回李族把一些事情了結後就去五雷天宗找妳。不過妳回去要防備那個賀選，這人太奸詐了！」李鋒準備回李族向然叔說明情況後再到五雷天宗。但他還是擔心章紅薇。賀選肯定賊心不死，一不小心又會被他算計。

「這樣也好，那我就在五雷天宗等你。你放心，我以後會提防，儘管賀選是內門首席長老的兒子，但我也不是他能隨意能動的。」章紅薇非常欣慰李鋒要分別了還惦記她的安全。

「到了五雷天宗，我李鋒絕對不允許再有任何人敢傷妳一下！」李鋒臉色堅定，好像承諾一件重大的事情。

「咯咯咯……好！我相信不久的將來，鋒弟會稱霸玉龍大地！」章紅薇發出接連不斷的銀鈴般笑聲，一對酒窩更加深陷，兩眼發出異彩光芒，整個人顯得更加嬌豔迷人。她說完隨即轉身向營地方向騰躍而去。

李鋒在原地看到章紅薇消失莽林深處，心中顯露不捨，身子久久未動，這些天發生的事讓他終生難忘。

……

青龍鎮李族，李青牛已經被大長老關押起來了，因為大家都知道李劍林、李鋒和李青牛三人相邀到五雷山脈歷練的，現在只有李青牛回來了，而李青牛說兩人都死了，李劍林是被李鋒殺死的，李鋒又被李劍林殺傷後遇到莽林雷暴，有很大的機率是沒命了。

大長老後親自跟著李青牛到了現場，現場只發現李劍林的屍體和李鋒未燒完的衣服碎片，沒有見到李鋒屍體，難道李鋒被雷火燒得灰飛煙滅？但奇怪的是李劍林的屍體是裸體的，衣服與黑劍不見了。

大長老非常憤怒，他只有兩個兒子，小兒子只有十四歲就已經凝體境八重，明年就可覺醒武魂，天賦絕對不比哥哥李劍雲差。

而且李劍林在他身邊最為乖巧，最討他喜愛，上個月李劍林生日時大長老一高興把自己的玄級佩劍當生日禮物送給了他。

一個月時間，人就沒了，自己的玄級黑劍也沒見了，大長老恨得牙關緊要，幾乎當場要將李青牛擊殺，但從現場李鋒斷成兩截的烏木哨棍以及李劍林頭上擊殺痕跡，顯示李劍林確實被李鋒所殺。

「所有族人，一定全力查找李鋒蹤跡，活要見人，死要見屍。」大長老沒有搜尋到李鋒，對李族族人下達指令，隨即把李青牛帶回到李族。

「李青牛違反族規，造成兩名弟子死亡，應當處以極刑！」李作能還是氣憤難消，以大長老的身分判決要處死李青牛。

「慢！李鋒為什麼要殺死劍林？李青牛的交代疑點重重。李鋒生死未明，我覺得先把李青牛關押起來，待以後再決。」族長李卓然感覺事情有些蹊蹺，特別是李鋒的父親對李族有恩，李鋒的母親將李鋒託付與他，現在又如何向他們交待呢？

從李青牛簡單的交待來看，李青牛也罪不致死，現在關押，到哪一天李鋒真沒有死，回來了也可以對證。

李作能一怔，但作為大長老在一族人面前也不能太過於為洩私憤隨意殺人。他沒有再言語，轉身飄然離去。

「李鋒，無論你躲在哪裡，我一定找到你，將你碎屍萬段！」李劍雲眼冒凶光，狠狠地朝天大吼，然後也隨同他父親離去。

轉眼十多天，李族宗祠，族長、大長老、大祭司、二長老、三長老等族中高層正在議事，突然外面一陣騷動。

「這不是李鋒嗎？」

「李鋒沒有死！」

「李鋒拿命來！」

「李劍雲與李鋒打起來了！」

族長、大長老、大祭司、二長老、三長老等人聽到外面嘈雜聲，不由都是一驚，立即停止議事，從祠堂中魚貫而出。

大長老走得最急，剛一出祠堂門，就見到兩道身影，一人持把黑劍，一人握槍，在祠堂門前拚鬥的非常激烈。

大長老看得清清楚楚，那個持黑劍的正是十多天未見的李鋒，穿的衣服是李劍林的，拿的黑劍是李劍林的。

大長老睹物思人，恨不得出手直接將李鋒轟殺。他極力克制自己，就是李劍林是李鋒殺死的，作為大長老出手殺死李鋒，從各種層面來講都是不妥。

既然李劍雲已經出手，憑他已經凝氣境二重的修為，殺死這個廢物般的李鋒是輕而易舉的事。作為年輕一輩，出於哥哥為弟弟報仇，將李鋒殺死就要省卻他很多麻煩。

大長老心思老辣，往祠堂門前一站，靜看打鬥。

其他長老和管理層等人看到大長老如此，也知其心思，不願意多得罪人，站在大長老身後默不作聲。

雙方你來我往打了十來個回合，竟然雙方戰了個平手。實際李鋒沒有使出全力，以他現在的修為與戰力，哪怕李劍雲是凝氣境二重，與他同境界，戰勝李劍雲應該不是很難。

李鋒與大長老無冤無仇，他不想把事情鬧大，他回李族就是想了結這樁事，也不想讓然叔為難。如果這樁事了結，他就離開李族，什麼李劍雲、大長老就與他沒有關係了。所以他還是保持原來的李鋒神態，裝著傻傻的與李劍雲打鬥。

「這個痴呆子在莽林中好像獲得機緣，竟然也達到凝氣境二重，真是不可思議。」正當大長老驚異時，大祭司與族長李卓然走出了祠堂。

大祭司首先看到情況，趕緊望向李卓然。

「住手！」族長沒有半點猶豫，飛身一躍來到李劍雲與李鋒中間，強行將兩人分隔。

「他殺了我弟弟，我要殺了他！」李劍雲已殺紅了眼，在眾目睽睽之下，自認為在李族，甚至在整個青龍鎮年輕一輩中第一天才，竟然十多招還殺不了一個公認的廢材，這臉還往哪裡放？

想起當初還狂妄的叫囂要將李鋒遠遠甩下，現在兩人修為和戰力還是不相上下，原來的傲氣讓他羞怒到極點，他不管不顧，繼續挺槍向李鋒掃去。今天無論如何一定要把李鋒殺死。

「狂妄！李劍雲，你敢無視我的存在嗎？」李卓然一掌掃去，一股罡風將李劍雲連槍帶人擊退了五六步。

李卓然是族中三位玄氣境一重高手之一，剛才只是想略施警示，手中發力點到為止，恰到好處的將李劍鋒擊退。

「卓然兄，李鋒殘殺本族弟子，已是死罪之人，人人皆可誅之，難道你要袒護他不成？」大長老見任李劍雲擊殺李鋒的計畫被族長李卓然阻攔，只好親自先聲奪人。

只要篤定李鋒殘殺同族弟子這個罪名，就是族長想保下李鋒，他也可以有理由強勢繞過族長將其擊殺。

「大長老，不要衝動，李鋒如果有罪，我絕不會袒護，等了解清楚再問罪也不遲吧？」族長面向大長老坦然面對。

旁邊已站起身的李劍雲見父親擋住族長李卓然，極力挺他擊殺李鋒，心中沒有了顧慮，趁族長面向他父親說話時突然發難，調集全力飛撲向李鋒，舉槍就刺。

「老虎不發威，以為我是病貓。」李鋒見李劍雲舉槍向自己刺來，心中思道：「真是自取其辱，今天就給你一點教訓！」

眾人眼見李劍雲的槍就要刺進李鋒心臟，李鋒還傻傻的站在那裡，心想李鋒這次肯定要死在李劍雲的槍下了。

等眾人只眨了一下眼睛，睜眼看時，李劍雲的槍已從李鋒身側刺空，不知什麼時候李鋒人已在李劍雲的左側。

李鋒施展了旋風騰挪術，瞬間旋挪到李劍雲左側，右腿假裝收腿不及，使用暗力擋了一下全力向前撲殺的李劍雲雙膝。

李劍雲心中一驚，他感覺眼前一花，李鋒人已到左側，而且兩腿被李鋒的腿擋了一下，

「怎麼會這樣？」驚異之間，身體的慣性無法收住，李劍雲整個人一個嘴啃泥，槍也脫手摔出兩丈多遠。

「這個李鋒有些古怪！」站在臺階上的大長老看得真真切切，他眉頭微皺，感覺李鋒與以往有些不對。

「李鋒，本不想殺你，只使出五成功力懲戒於你，沒想到你竟然使詐，現在你我不死不休！」李劍雲從地上爬起來，狼狽萬分。他一直傲氣衝天，在族人面前他很愛面子的，何時受過如此奇恥大辱。如果今天不把李鋒殺死，他就不可能在李族待下去了。

他迅速撿起地上的長槍，頓時放出自己的戰劍武魂，在人級七品戰劍武魂的加持下，李劍雲氣勢暴漲，再次舉槍向李鋒殺來。

他思量著剛才失誤並不是李鋒戰力有多強，是他自己急於求成，太大意了，而李鋒運氣好罷了。

以他的自傲，打死都不會相信一個人級一品武魂的廢物會比他強。

「真是丟人，和一個廢武魂的李鋒打，還要放出武魂。」人群中出現細微的鄙夷之聲。

「放肆，把我的話不當數嗎？」本來前面的事情也就發生在兩個呼吸之間，族長正在與大長老交涉，沒有看到李劍雲是怎麼倒地的，看到李劍雲又舉槍殺向李鋒，他非常憤怒，甩手一擊，一道灰色玄氣滾團如閃電般射向李劍雲。

李劍雲頓感危機襲來，他絕對躲不過玄氣境一重高手的一擊的。

「砰！」族長甩出的玄氣滾團在李劍雲身前三尺爆散開來。

「李卓然，你想以族長之威打殺李族頂尖人才嗎？」大長老早就防備，等族長出手，大長老飛身躍到場中，出手一道閃電光芒將族長的玄氣滾團擊碎，並給族長戴上以權打壓族中天才的大帽，向族長施壓。

李劍雲見族長被他爹擋住，心中一喜，隨即繼續舉槍向李鋒撲去。

「難道真的要暴露自己的天賦與戰力？」看到李劍雲向自己撲來，李鋒思考著對策。

「慢著！」電光石火之間，一道風影已經落到李劍雲身前，將李劍雲輕輕一抓，李劍雲便定在那裡不能再動。

「大祭司出手了，族中三大頂尖高手都出手了，今天又有得熱鬧看啦。」有些人看熱鬧不怕戲唱得大。

族長、大長老和李劍雲也是一怔，都看向大祭司。場上看熱鬧的族人也一齊看向大祭司。

「諸位，如此下去，有損我族元氣，不妨聽我一言，由我當眾盤問李峰，證得李峰有罪，李峰自當死有餘辜，咎由自取，任何人不得干涉，可否？」大祭司當眾唱道。

大長老看大祭司已經插手，不便再堅持要殺李鋒，隨即向大祭司點了點頭。

大祭司轉頭望向族長，族長本來也想弄清原委，他不相信李鋒一個本分老實的孩子會殺死自己族中弟子，毫不猶豫向大祭司點頭示意。

大祭司得到族長和大長老的同意，旋即放下李劍雲道：「情由未明，你不可擅自動武！」

隨即大祭司轉向李鋒：「你隨我來！」

李鋒假似受到驚嚇，遲遲疑疑走到大祭司身前，呆呆地望著大祭司。

「你弒殺劍林否？」見李鋒來到身前，大祭司本想帶李鋒進入祠堂，但既然承諾當眾審問，他決定就當著眾人審問也好。他也覺得李鋒是不可能無緣無故殺李劍林的。

李鋒沒有回答，而是緊張地向四周望了望，然後惶恐地點了點頭。

「是他殺的！」

「他真的殺了李劍林！」四周頓時沸騰了，議論紛紛。

「他已經承認了，那就由我為我弟弟報仇！」李劍雲已經按捺不住，提槍就衝。

「少安勿躁！」大祭司用手向李劍雲一按，一股強大的氣勢將李劍鋒的身形穩定在原地，不能動絲毫。

「為何殺他？」大祭司望向李鋒。

「他騙我，他搶我靈石，他還殺我。他們都騙我，都搶我靈石，都殺我。」李鋒顯得很驚慌，不斷地述說，儘管有些亂，但是眾人還是聽得明白。

「你們有幾人同往？」大祭司發現有問題，開始引導。

這時大長老也緊皺了眉頭，他是了解他這個小兒子的，為了利益不擇手段。

「還有青牛哥。」李鋒怯怯回答。

「傳李青牛！」大祭司發出指令。

大約一刻鐘，李青牛帶到。李青牛看到場上的李鋒，頓時嚇呆了：「李鋒沒有死？」

「李青牛，李峰說你與李劍林誘他入莽林，強搶他靈石。你從實招來，可免死罪，如有隱瞞，族規不饒！」大祭司見李青牛到來，也不耽誤，面對李青牛嚴厲呵斥。

李青牛本就心虛，大祭司一聲呵斥，身子已經抖個不停，眼睛瞄向大長老。

「李青牛，你說話要小心點！」李劍雲見他爹一臉正人狀站在那裡，便不失時機地向李青牛發出警告。

「李青牛，抬起頭來。你不要怕，也不必顧忌任何人，今天我可以明確告訴你，只有說真話，才能減免你的罪孽！」族長見李青牛受到李劍雲的威脅後低下頭不敢說話，當即向前一步，逼視李青牛。

李青牛本就不是大奸大惡之人，這些天一直就在悔恨之中。他得罪不起李劍林，所以跟隨李劍林，以為李鋒老實，搶了靈石有李劍林罩著，大概沒有人管這事，不知道事情發展到這種地步。

「我……我說實話，是劍林要搶李鋒靈石，逼……逼著我幫他。」李青牛頭上已經冒出豆大的汗珠，不敢抬頭看任何人，眼睛看著地上吞吞吐吐道。

「李峰為何要殺李劍林！」大祭司問出關鍵點。

「李鋒死命不肯，劍林就命我強搶，在我與李鋒打鬥時，劍林趁機用劍刺入李鋒腹中，李鋒臨死前，不……不，他沒死。」他用眼睛瞟了一下李鋒，然後繼續說道：「他用哨棍打在劍林頭上，劍林就死了。」

李青牛將原來隱瞞的部分徹底的交待出來，他感到這十幾天來的壓抑感徹底放鬆。

「哦！原來是這樣，我就知道李鋒這麼個老實人，不可能會殺人。」

「老實人不是不會殺人，逼急了也會殺人的。」圍觀的族人議論起來。

「事已明了，李峰殺人事出有因，責罰與否，請族長定奪。」大祭司轉身向族長一拱手，閃身一旁不再多言。

族長望向大長老，事情雖然明了，如果是一般人自然還好處理，大長老是族中三大高手之一，舉足輕重。他也理解大長老此時的痛苦，一個兒子就這麼死了，雖然錯在他兒子，人已死，再大的過錯也不能再講了。處罰李鋒，如何處罰？處死李鋒，大長老肯定滿意，但對得起李鋒的父親嗎？也對李鋒不公平。

他想要大長老表個態，現在事情很清楚，錯在他兒子，在這麼多族人面前，他斷定大長老不可能有過分要求，最多也不會要處死李鋒了。那麼只要李鋒不死，他就有周旋餘地。

大長老早就很清楚，以李鋒的品性是不可能無緣無故殺他兒子的，現在的結果早就在他的預料之中。但他還是憤恨，恨不得馬上殺死李鋒，李鋒的父母肯定已經不在人世，這個無人管的傻子竟然殺死了他最心愛的兒子，他怎麼不恨，只有殺死李鋒才能解心頭之恨。

他完全有能力強行殺死李鋒，但作為大長老的他不能這麼做，儘管李鋒無父無母，但李鋒的父親對李族有恩。強行殺死李鋒，族人會鄙視他，他的地位會大打折扣。所以他一直面無任何表情的看著這一切，最好的辦法是通過小輩的爭鬥，混亂中殺死李鋒，然後他再善後。

他用餘光能感覺到族長在逼他表態。他是不會表態的，怎麼表態？兒子行為讓他很沒面子。他不可能不顧一切要處死李鋒，肯定會遭到族長、大祭司的反對，到時候不僅李鋒死不了，自己落一個公報私仇，恩將仇報的名聲，這樣對他後期在族中的謀劃不利。

如果輕易放過李鋒，他是沒有這個度量的，自己兒子絕對不能就這麼白白的死，他思索一陣後決定把壓力交給族長。

「你是一族之長，你看著辦吧。」大長老面向族長李卓然，面無表情的說道。

「不管怎樣，李鋒殺死我弟弟是事實，殺人就要償命。如果族中袒護，我一定為我弟弟報仇！」李劍雲今天不僅當場出醜，顏面丟盡。如果族中不對李鋒進行處罰，他絕對不會善罷甘休，也狂叫著給族長施加壓力。

李劍雲跳起來不斷咆哮，他知道他爹也是玄氣境一重高手，與族長不相上下，而且他爹的武魂是人級五品，而族長武魂是人級四品，比族長要年輕，以後族長的位置肯定就是他爹的。有他父親在，他誰也不怕。

看到李劍雲的咆哮，一絲冷笑從大長老的臉上一閃而過，然後冷冷的看著眼前一切。

族長眉頭皺了起來，李劍雲的咆哮對他壓力不大，關鍵是大長老這個老狐狸竟然不表態，也不制止他兒子的咆哮。這明顯是向他這名族長施壓呀，看來不有些損失，這件事還真的難以平息。

「李鋒殺人雖然事出有因，但已造成殺人致死的嚴重惡果。按照族規，死罪可免，活罪難饒。本族長決定李鋒從李族除名，三日後離開李族，並處罰兩萬顆靈石對死者親眷進行補償。本判決後，不允許任何人再因此事尋仇，如有違反，按族規重罰！」族長也是個果決之人，迅即做出裁決。

他心想大長老既然把問題交給我，我就讓你無話可說。他從大長老與李劍雲的態度中知道李鋒在族中以後肯定難生存下去，他也不可能時時照看到李鋒，長此下去，李鋒有個三長兩短，從內心講對不起李鋒父母。

既然這樣，不如損失點財物，後面想辦法把李鋒送到距離李族不遠的五雷天宗或別的適合李鋒生存與發展的地方，大長老父子就不方便再找李鋒的麻煩了，對於李鋒來講也未必不是安身脫危之道。

聽到族長判決，李鋒沒有意外，他本來就打算離開李族。一是他要修為增長後去尋找他母親，二是作為未來軍事戰略研究員的穿越身，他心中還急著如何找到他原來的世界完成任務。對於這個李族，他真的沒有歸屬感。

至於兩萬靈石，確實有些可惜，應該可以讓他突破到玄氣境，但李鋒並不是一個糾結的人，瞬間看淡。

「沒爹沒娘的孩子，太可憐了！」

「這樣也太對不起李鋒父親了！」

「明顯李鋒就是自保嘛！」

「兩萬靈石，這可是我們李族全年的收入呀。」

儘管大部分族人怕得罪族長和大長老，不敢言語。但也有看不慣的人對如此判決發出幾聲議論後，瞬間現場就歸於平靜。

大長老仍然沒有說話，站在祠堂門前冷冷地看著這一切。如此的判決，他自然無話可說，但他隱隱對族長李卓然心存不滿，在他大長老與無爹無娘的李鋒之間，族長傾向了李鋒。

李劍雲心中不服，他就是想今天一定要把李鋒殺死，哪怕今天把他打傷、打趴下也能挽回些臉面。他心有不甘的望向他爹，大長老眼裡露出冷冽。

他眼光又向族長和大祭司掃去，同樣碰到的是嚴厲的目光，他明白不同的眼光具有不同的意義。他爹告訴他，今天是不能動手了，動手只是自取其辱。族長和大祭司的嚴厲明顯告訴他，動手就會按族規嚴懲。

「哼！李鋒，我們不死不休！」李劍雲知道今天是追不回面子了，他有些不甘心，向李鋒丟下一句狠話，揚長而去。

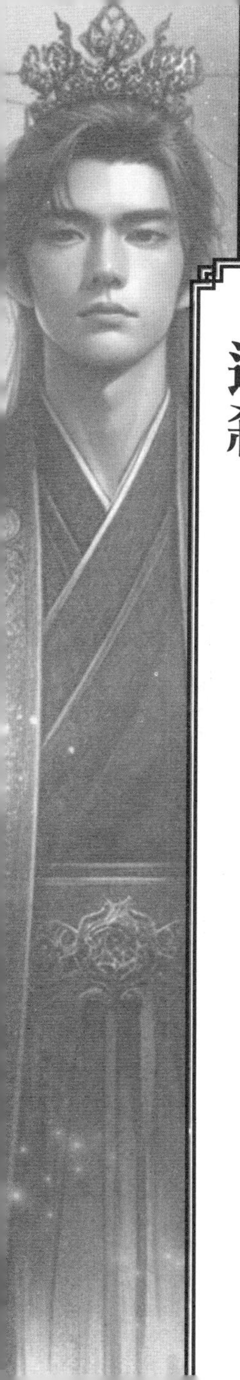

第四章

追殺

「沒事了，大家都散了！」族長見大長老沒有話說，李劍雲走了，然後向眾人宣布，隨即走向李鋒。

「唉……鋒兒，你隨我來。」族長見李鋒還是一副呆呆的樣子，嘆了長長的一口氣，引導李鋒向族長府邸中走去。

大長老府前堂正廳中，廳正中上方坐著有兩人，左邊是大長老，右邊是李族的三長老，三長老是大長老一脈的堂弟，堂前李劍雲站在兩人面前不斷的叫嚷著。

「爹！難道就讓弟弟這麼白白死了嗎？今天你不好出面，就應該讓我把那個廢物弄死，不然我們在李族還有什麼臉面，您還有什麼威信？」

「雲兒，勿要急躁，你弟弟的仇肯定是要報的。你現在也十六歲了，將來肯定是要出人頭地的，但你急躁的脾氣不改掉，將來肯定要吃大虧。」大長老不斷警醒他這個急躁的兒子，他認為他這個兒子什麼都優秀，就是在性格上偏於急躁，少些謀略，比他的小兒子要差了一些。

「雲兒，你爹肯定有他的考量，你先聽聽你爹如何說吧。」在旁的三長老也勸說李劍鋒靜下來。

「雲兒，你感覺到沒有，今天李鋒一身功力有些蹊蹺。今天大祭司審問，雖然他言語不多，但每句都直擊要害，自始至終他就在扮豬吃老虎。」大長老一邊說一邊彷彿回憶開始的事情。

「有什麼蹊蹺？他一個傻頭傻腦的廢物，要嘛就是在雷荒莽林中獲得些奇遇，突破到凝氣境二重而已。今天怪我輕敵大意了，不然他早就死了。」李劍雲還是不服氣。

「雲兒，還是謹慎些。開始我也以為這麼個呆傻小子，輕而易舉可框定他的罪名，但意外的事情超出了我們的預料。不光有族長和大祭司的因素，也有李鋒他本身的因素。」

「在事情變得不利於我們的情況下強行殺死李鋒，將極大地損害我與你二叔掌控李族的謀劃，這是得不償失的。既然李卓然把李鋒除名，三天過後他就會離開李族。只要離開李族，我們就有很多辦法為你弟弟報仇，所以不要急於一時。」

「嗯！那就讓他多活三天吧。」李劍雲聽他爹一說，也明白了一些，不再爭執。

……

與此同時，族長府中，李卓然拿出一個儲物袋和一個信箋交給李鋒。

「鋒兒，李族你不便待下去了。你父親在青龍鎮時，與五雷天宗宗主有些交情，你將我的信函交予宗主，他肯定會收留你。只要成為了五雷天宗弟子，一般勢力是害不到你的，我也放心。」

「你娘在我這裡留有一些修煉資源，雖然這次賠償了兩萬，這些年修煉消耗了些，剩下數量也有很多。但都給你，我怕你忠厚老實引起別人窺視，惹來禍端。所以先給你一千靈石，修練一年是足足有餘，剩下我暫保管。每年我會去五雷天宗看你，到時逐步給你。」

「如你父母還在，你修練有成，也算對得起你父母所託。另外儲物袋中有二十兩碎銀路上可用。」族長也不管李鋒能否聽懂，望著李鋒惆然緩緩述說道。

李鋒一邊聽一邊想，族長前後對他的維護考慮算是周全與盡心，他心中是存有感激的。只是懊惱自己正是缺修煉資源的時候，族長把他娘給的巨額靈石全部給他，那將會使他修為不知突破到何種境地。

這裡也不便暴露自己心智的轉換，免得族長起疑，多一些麻煩。李鋒還是克制了自己，像以前一樣，聽完然叔說教，木納的接過儲物袋和信箋點點頭，表示自己聽懂了。

三天眨眼即過。這天一早，李卓然叫來自己信得過的一名身材高大中年武修，這是族中護衛隊首領，有凝氣境八重修為。五雷天宗離青龍鎮不遠，在五雷山脈的東麓，大約五六百里路程，中間沒有什麼大勢力，有凝氣境八重護送，如果不是像大長老這樣頂尖高手截殺，是不可能有問題的。

李鋒那邊出發，大長老這邊即得到訊息。

李劍雲早就準備好了，向他父親說道：「爹，族長肯定對你有所防備，只要安排一名凝氣境八重高手把那位護送李鋒的護衛首領引開，我就能解決掉李鋒。」

「嗯！我這裡的人李卓然這傢伙肯定盯死了，我要你二叔安排一個凝氣境八重高手幫你。但這個李鋒你不要太輕視了，我總覺得有些古怪。」大長老應了一聲，但還是有些不放心的叮囑道。

「爹，你就放心吧！難道你覺得你兒子還不如一個痴呆的廢物？那次我是大意了，這三天我修為又有所長進，已經達到凝氣境二重巔峰了，這次我一定殺了李鋒這個廢物。我先跟出去，你要二叔安排的人趕快過來，等他把護送李鋒的護衛首領引開，我就動手。」李劍雲對他爹的叮囑有些不屑，有些心高氣傲的說道，說完轉身朝院外走去。

李鋒與護衛首領走出族門，李鋒回頭望了一眼李族寨門，沉吟片刻，沒有再多言語，轉身向前面通向五雷山脈方向的一條小路走去，中年護衛跟在其後。

沿這條小路大約走了兩刻鐘便進入一片樹林，樹林處於一片山丘之中，高低不平。這片樹林李鋒太熟悉了，以前經常與族中弟子到這裡玩耍。

樹林盡頭與青龍山之間有一水潭，水潭深不見底，名為青龍潭，他也經常到潭中游水洗澡。

正當李鋒回憶往事時，「嗖」的一道破空聲響起。中年護衛首領靈敏異常，橫空飛起，手中一把長刀向空中一擊，「噹」的一聲，一把飛鏢被擊落下來。

「誰？既然來了，為何躲躲閃閃？」中年護衛首領向飛鏢飛來方向的樹林中喊道。

「呼呼！」一名全身黑衣包裹的蒙面人從後面樹上躍下，也不與中年護衛首領搭話，隨手又是兩把飛鏢射出。這次飛鏢中運入了十足真氣，飛鏢衝破空氣的力道更加強烈，發出「啪啪」聲響。

中年護院不敢怠慢，也運入真氣在大刀之中，大刀飛舞，在李鋒前方空間形成一道扇形刀影屏障，兩把飛鏢在刀影中被擊落。

那蒙面人見飛鏢被擊落，旋即抽出一把長槍撲向李鋒。中年護衛首領將大刀一挺，截住蒙面人，兩人一刀一槍戰了起來。

打了五六個回合，蒙面人見無機可趁，虛晃一槍，乘中年護衛首領回防之際向後退走。

「既然來了，那便留下！」中年護衛首領吼了一聲，橫刀飛身欺上。

蒙面人見中年護衛首領拿刀攻來，側身躲過大刀，作勢一個回馬槍。中年護衛首領收回大刀防護，蒙面人又向斜前方逃去。

經過兩次交手，中年護衛首領感覺蒙面人修為與其不相上下，而且一意躲閃，一時也分不出勝負，乾脆止住身形，心想送李鋒要緊，便不再與之糾纏，轉身要與李鋒會合。

剛轉身，那蒙面人又挺槍刺來。

「沒完沒了啦，以為我滅不了你！」中年護衛首領火起，全身真氣運轉，猛然拔起一丈多來高，身子側飛而去，轉眼逼近黑衣人，兩人一刀一槍戰在一起。

李鋒看見兩人越戰越遠。他敏銳的感到蒙面人肯定有後手，急忙提醒中年護衛首領：「良叔，小心有詐。」

中年護衛首領聽到李鋒提醒，也感有詐，便準備棄戰而回。蒙面人一改先前頹勢，突然攻勢凌厲，一招接一招猛烈攻向中年護衛首領要害。中年護衛首領不得不全力擊擋，兩人又戰成一團。

「哈哈哈哈！李鋒，今天你必死無疑！」

正在關注中年護衛首領與黑衣蒙面人大戰的李鋒，突然聽到身邊樹林中一陣大笑聲傳來。

隨著樹林中的大笑聲音，李劍雲閃身而出，手中提著那把玄級黑劍。

玄級黑劍是大長老之物，族長自然要李鋒把黑劍還給了大長老。今天大長老又把這把劍給了李劍雲，希望李劍雲用這把劍為弟弟報仇，殺死李鋒。

李鋒面對來勢洶洶的李劍雲屹立不動，面不改色。他雙眼向李劍雲身後樹林中探去，見沒有其他身影，心放了下來。只要沒有老一輩武修出手，就憑李劍雲是殺不了他的。

他抽出一把長劍，這是臨行前族長送給他的，長劍發出閃閃白光，顯得鋒利無比，當然肯定比不上玄級黑劍。

李劍雲衝上來舉劍就砍，火力全開，連續向李鋒要害處發起猛攻。看來他是想要在幾招內建李鋒於死地，快速了結。這裡離李族不遠，他怕引動族人注意，拖久生變。

李鋒不與黑劍硬接，側後一步，橫手握劍將黑劍蕩開，施展身法巧妙的話解對方攻勢。

李劍雲看到李鋒施展巧妙的身法躲開了他凌厲的一擊，頓時一凜，頭一次感到李鋒並不是他想像中的廢物。他頓時重視起來，真氣運於身體，騰身空中一個大旋體，身形已到李鋒左側後，乘李鋒右手無法回護，以迅雷不及掩耳之勢，舉劍刺向李鋒左腰。

李劍雲每一招都是必殺之招，灌注真氣充足，身體不斷翻轉變化，劍氣鋒利異常，動作快如閃電，口中不斷喊道：「去死吧。」

眼看黑劍即將刺入李鋒身體，李鋒施展後翻身法動作，上身向後翻轉，下身隨著上身的翻轉騰入空中，整個動作只在一息之間，連李劍雲都沒看清。

黑劍從李鋒已翻在空中的後背貼衣刺過，李鋒已翻至李劍雲身後。在後翻同時，李鋒的長劍並未歇著，一劍已砍在李劍雲的後背。儘管有真氣護體，也打得他胸中血氣翻湧，口中露出血腥。

李劍雲一步踉蹌，向前連邁幾步才穩定身形。這也是李鋒沒有下死手，否則至少重傷。

「不可能？怎麼會這樣？」這才交手幾招就被打傷，這不是李劍雲想像的結果，他想起他爹的叮囑，這個李鋒確有些蹊蹺。

「李劍雲，憑你的戰力你是殺不了我的，你死了這條心吧。你弟弟的事也是意外，如果你一意孤行，我絕不再留手！」李鋒不想與之糾纏，只希望用實力震懾住李劍雲，讓他知難而退。

「你……你是誰？你不是李鋒！」聽著李鋒警告，李劍雲有些膽顫心驚。並不是被李鋒的警告震懾住了，而是李鋒清晰的說話邏輯和咄咄逼人的神態與以前他認知的李鋒是判若兩人。

這次他相信了他爹說李鋒的蹊蹺，戰力、神態與言辭的變化讓李劍雲震驚到極點。

「你想多了，我就是李鋒。我以前只是不想惹事罷了，如果你硬要糾纏，殺了你弟，我也不在乎多殺一個。」李鋒眼露殺氣，充滿霸氣地逼視李劍雲。

「你以為我李劍雲是嚇大的嗎？不要以為我被你偷襲受了點傷就能恐嚇住我。無論你是誰，殺了我弟弟，我與你不死不休！」李劍雲放出人級七品劍型武魂，他要以武魂加持，以雷霆之勢擊殺李鋒。

「好！好！看來我們兩個今天必須要死一個了！」李鋒本向震退李劍雲，見李劍雲不死不休，他也無懼，持劍逼視李劍雲。

李劍雲運氣於劍，雙腳騰起喊道：「罡風劍！」

接著他的身體與黑劍一體如旋風般衝向李劍雲。劍上劍氣陣陣，有武魂的加持，李鋒感覺從黑劍中發出的寒氣與威勢比開始強大了許多，劍未到，劍氣與寒意已到。

「來得好！」李鋒身上真氣湧動，依然劍與黑劍不正面硬接，身體側挪、前騰、上旋、後翻，身體如幻如影，將「旋風騰挪術」施展到極致。

李劍雲劍勢雖猛，身形雖快，但劍劍都被李鋒巧妙躲過，始終難以擊中李鋒要害。

「李鋒，有本事就正面一戰，東躲西藏算什麼本事？」李劍雲看李鋒身法確實奇妙，自己放出武魂都無法殺死李鋒，心中急躁起來。

李劍雲有人級七品武魂加持，戰力比原來增加了七成，手中又有玄級黑劍將黃級中品武技「罡風劍」舞得密不透風。李鋒雖然身法靈活，但也不敢貿然逼近李劍雲，不到逼不得已，他也不想暴露武魂，雙方就這樣相持不下戰了幾十個來回。

「看來我還是要用那一招了。」

大長老在將玄級黑劍交給李建雲時，同時傳授了一道祕術，就是用精血喚醒黑劍內的煞氣，人劍連心，使用「罡風劍」劍法威力將會擴大一倍，但以李劍雲現在修為只能堅持幾十息的時間，過後會元氣大傷，戰力大跌。不過李劍雲自信只要幾十息就能將李鋒重創。

「今天就讓你見識一下玄級黑劍的厲害！」李劍雲將十指咬破，逼出一滴精血滴在黑劍上，口中念念有詞，瞬間黑劍身上寒光之焰長出半尺多長，氣勢迅疾擴散在周圍。

「罡風劍！」李劍雲一聲大喊，調整全身真氣在武魂加持下氣勢又增長了一截，黑劍劍影殺傷範圍擴大到兩倍。

李鋒在黑劍威勢逼迫下，身形受範圍控制，不能自如。幾次劍氣刮到身體，將衣服刺得有些破碎，劍氣穿透護體真氣刺傷肌膚，顯露幾條血印，體內有寒氣侵入。他不得不連連後翻，李劍雲乘勢步步緊逼。

「看來自己還是少了些手段，如果自己也有玄級兵器，再熟練一兩門攻擊性武技，自己也就沒有這麼被動了。」李鋒尋思著，但那是後話，現在在於如何化解眼下的困局。隨著李劍雲更加猛烈不要命的攻殺，李鋒多次險象環生。

「放出武魂！」生死攸關之際，也顧不得這麼多了。

另外李鋒已經把「旋風騰挪術」施展到大成極致，感覺這門身法還有上升空間，他是軍人出身，精通槍隻螺旋原理。

力量決定有兩個因素，一是發射的能量，能量越大，推送力越大。

二是決定於速度，當然推送力越大，速度越快，但是旋轉運動的物體比直體運動的速度要快，這是常理知識。武修在出拳時通常是習慣性將拳旋轉出擊，只是知道這樣打擊的力量更大，卻不知原理何在。

在「旋風騰挪術」施展搏殺中，李鋒不斷的嘗試加大身體的轉速，「旋風騰挪術」威力又彷彿有所突破，但是還不夠，主要在於推送力不夠，推送力越大，旋轉越快。

直到推送力和旋轉速度達到一個臨界點，他自信就能將這套身法突破到巔峰。只要達到巔峰，「旋風騰挪術」的速度要提升一倍，他的整體戰力至少加持一到兩成。

想到這裡，李鋒沒有再猶豫，迅疾放出武魂，頭頂灰濛濛的武魂周圍五圈暈環熠熠散發著黃色光輝。

「人級五品武魂，怎麼可能？你不是李鋒，李鋒是廢品武魂。」看到李鋒放出的武魂，李劍雲被嚇呆了。

武魂確實是李鋒的這種怪怪的雲霧形武魂，但在武魂覺醒儀式上，李鋒明明覺醒的是人級一品廢武魂，武魂一覺醒就決定一生，不可能改變。

如果說李鋒以往表現的呆傻是避免紛爭還可以說得過去，但武魂的變化就讓李劍雲徹底認不清李鋒了。

李鋒沒有回答李劍雲的疑問，而是直接在武魂的加持下，將「旋風騰挪術」激發到極致。

「最大！最大！最快！最快！」他不斷心中默念，將全身真氣灌注於身體與手中，身體彷彿一道幻影。

「砰！」李鋒的劍重重的掃在李劍雲的後背，李劍雲直接撲倒在地，口中鮮血如血劍噴湧。因為李鋒太快了，「旋風騰挪術」施展出幾乎巔峰的威力。

這一劍灌注起碼有八九千斤的力道，加上武魂與「旋風騰挪術」速度的加持，雖然有些真氣護體，也重傷了李劍雲。

李劍雲如果不是剛才有些愣神，只要及時調集真氣全力防護，也不可能讓李鋒如此輕易得手，至少不可能重傷。

在雙重加持下，李劍雲敗得有些憋屈，手已經難以握住黑劍，想立起身體，但力不從心，身體癱軟難支，他感到心肺都已經破碎。

「趁其病，要其命。」既然已經不死不休，李鋒也是狠辣，欺身到李劍雲身前毫不猶豫舉劍就砍。

「住手！李鋒，趕快住手，否則要你生不如死！」就在這時，林中傳來一聲大喝，一條青色身影從不遠處一棵大樹上飛下。

電光石火之間，李鋒沒有半點猶豫。他又是何等心智，今天就是有千軍萬馬，十死無生，他也要先殺掉李劍雲。已經成了不死不休的僵局，今天就是不殺李劍雲，大長老也肯定不會饒過他了。

李劍雲無力抵擋，他的頭顱飛出一丈多遠，頭與身子斬成兩截，李劍雲徹底身死道消。

「孽畜！我要你命！」青衣人已經飛來，眼睜睜看到李劍雲被削掉頭顱，已經憤怒到了極點，手中一把大刀高高揚起，在空中發出「嗚嗚」嘯叫，氣勢凶猛的劈向李鋒。

「大長老家的管家。」李鋒認得此青衣人，是大長老家的管家，修為達到凝氣境八重。

原來大長老一直對李鋒的戰力有些蹊蹺，有些不放心李劍雲，怕他對付不了李鋒。等李劍雲走後，他便叫來他家的管家。

大長老叮囑管家從後院出門，繞過族長等人視線，趕上李劍雲，對其暗中保護。如果李劍雲得手就不要露面，如果李劍雲不順利，適當施以援手。

大長老府中管家趕到樹林中，正看見黑衣人正與中年護衛首領戰的火熱。在遠處，李劍雲正壓著李鋒追殺，李鋒一味退逃。

他心想李劍雲殺死李鋒只是時間問題，便沒有露面，躲在樹上觀看兩邊戰況。

沒有想到如此突然，發生急劇反轉，他也被李鋒突然升級的人級五品武魂嚇呆了。

電光石火之間，他只能著急出聲制止，但太快太突然了，李鋒沒有給他出手阻止的機會，李劍林就身首異處。

管家急火攻心，他恨這個傢伙太狠辣了，如此果決。大長老讓他來保護他大兒子的安全，結果就在他的眼皮底下，大長老的兒子被一個廢物殺死了，這如何向大長老交差呀！

他升騰起萬丈怒火，恨不得生吃其肉，牙齒咬得咯嘣直響。一刀力劈華山，要將李鋒也劈成兩截，然後斬碎才解心頭之恨。

李鋒早有防備，一名凝氣境八重高手隨時要他命。只有發揮「旋風騰挪術」到極致，才有一絲逃脫的機會。管家刀未到，他已經如旋風般騰身而去。

管家一刀劈空，他甚是驚詫，一個凝氣境二重小子竟然身法如此高超，一息之間，一道殘影已經騰出五六丈開外。

經過此次拚殺，李鋒的「旋風騰挪術」身法技能達到巔峰境界只差臨門一腳，他自信已經越來越嫻熟，打不過，躲過應該問題不大。

「好！我就讓你看看凝氣境八重與凝氣境二重的區別！」管家大喊一聲，身輕如燕，身形如離弦之箭，飆射而出。

到底是凝氣境八重高手，與凝氣境二重有六個小境界的巨大差距，雖然李鋒凝氣境二重相當於凝氣境三重，「旋風騰挪術」近乎巔峰，但也還是有差距。管家一息間跨出八九丈，不到十息，兩人距離只有三四丈遠了。

不遠處中年護衛首領一邊與黑衣人拼殺，同時也觀察到這邊突發情況。管家的出手，已經顯示大長老已經明目張膽的要殺李鋒了，不過他也明白，隨著李劍雲的死，大長老會發瘋，他會不顧一切後果也要把李鋒殺死。

他迅即發力，連連幾刀向蒙面人發起迅猛攻擊。蒙面人也被剛才的情形震驚了，沒有殺死李鋒，反而李劍雲死了讓他有些心猿意馬。心一走神，手中也不靈活，整個人被對方凶猛攻擊的有些狼狽，連續不斷退走。

中年護衛首領見效果達到，虛晃一刀後飛身向李鋒方向趕去。

李鋒此時已經被管家逼近只有兩丈多遠，正在急思對策，見右側中年護衛首領向自己奔來，急速向右一個側挪動作，一氣呵成沒有半點停歇，向右方飄出五六丈遠。

管家正發力向前騰躍，見李鋒側挪，急在空中來了一個後空翻，穩住身形時與李鋒又拉開了八九丈遠。凝氣境八重武修功力還是深厚甚多，身在空中未穩，雙腳就向側邊一棵大樹上猛的一蹬，借力速度瞬間猛增，也側飛出八九丈。一個回合間，兩人相差距離又拉近到五六丈遠。

李鋒使出渾身解數，沒有再使用其他身法動作，一味向著中年護衛首領前方急速縱躍騰飛。十來息後，管家離李鋒只有一丈多遠，管家舉起兩公尺多長的大刀，就要蓄勢向李鋒砍去。

就在這千鈞一髮之間，中年護衛首領趕到，舉刀向空中管家的刀架去。

「鍾管家，族規已判定李鋒無罪離去，你私自追殺李鋒，難逃族規重責！如果就此罷手，我當此事沒有發生。」中年護衛攔住大長老家的管家，口中發出警告。

「哼！你沒有看到他又殺死了我家少主嗎？如此孽障，罪該萬死！」管家避過中年護衛首領的刀鋒，閃身要繞過中年護衛首領。

「李劍雲無視族規，追殺李鋒，李鋒自衛反殺，何罪之有？族有族規，李鋒就是有罪，也不是你等能定的。有我在，絕不可能讓你恣意妄為！」中年護衛首領閃身截住管家，刀刀相碰，兩把大刀又攪到一起。

中年護衛首領戰力要稍遜一點，但拖住管家還是綽綽有餘。

李鋒不敢有半點怠慢，急向林外奔去，只要逃離這片樹林，進入前面的青龍山，他們就不好找了。

「李鋒，哪裡走，趕快受死！」剛才蒙面人只是稍微愣神，緩過神來，提槍向這邊趕來，正看到中年護衛首領截住管家，李鋒向林外逃出，他急忙轉向去追李鋒。

這片樹林方圓也有七八里，一刻鐘後，李鋒眼見就要逃出樹林，這時蒙面人已經逼近不到一丈遠。蒙面人雖然身法沒有大管家好，剛才與中年護衛首領耗了一個多時辰，體力有些衰減，但畢竟是凝氣境八重高手，一刻多鐘就逼近李鋒。

「再一味向前逃，肯定逃不過這蒙面人。還是在這樹林中施展身法技巧，還可以與之周旋。」李鋒經過幾次生死大戰，臨戰經驗也豐富起來。在全力飛速前騰中他突然一個側挪，轉向向右邊成九十度方向樹林中飛躍而去六七丈。

李鋒的「旋風騰挪術」已經完全突破到巔峰，正直方向運動速度可能稍差於凝氣境八重蒙面人，但轉向身法技巧和速度卻高於蒙面人，這樣又將距離拉大到五六丈。

李鋒採取只要對方逼近到一丈不到就靈活的忽左忽右的側挪技巧，搞得蒙面人也是恨得牙癢癢，追了半個時辰，不僅沒有拉近距離，反而搞得蒙面人氣喘吁吁，頭上直冒白煙。

又耗了近半個時辰，李鋒見對方有些懈怠，突然向林外青龍潭邊騰身飛出。他想趁對方體力下降，戰力懈怠時逃入青龍山中，山中地形複雜，山高林密更易於利用自己身法武技甩開對手。

李鋒已經跑出樹林，來到樹林與青龍山中間的青龍潭邊。

「砰」一就在此時，李鋒感到後背一股強大而恐怖的能量團砸在自己的後背，然後自己一陣暈眩，眼前一片模糊，口中大口的鮮血冒出，身體像斷線的風箏栽倒在地後滾了幾下在青龍潭堤邊停下。

「大長老！」一李鋒微微睜開眼，模糊間見到一身青袍的大長老飛身落在自己眼前，然後整個人暈厥過去。

「一群廢物！」大長老黑髮飛揚，紅透的雙眼圓睜，發出一聲暴喝。

原來大長老久不見李劍雲等人歸來，他有一種不好預感。兩大高手加他天賦奇高的兒子去殺死只有一個高手保護的廢物，應該不用一個時辰就可解決的。時間過去了兩三個時辰，就是李鋒再有奇遇，有凝氣境八重的管家出手，也早該得手了。

有些不對勁！他放心不下，也顧不得族長是否在注視他，直接出族急奔樹林這邊。

不來則已，進入樹林，看到林中身首分離的李劍雲屍體，他悲怒交加，一個兒子接著一個兒子慘死，心如鐵石般的他也控制不住滔天的恨意，不管不顧，遠距離打出雷霆一擊，將即將逃離的李鋒打倒在地。

第五章

青龍尊者

遠處聽到大長老的暴喝，中年護衛首領感到事態嚴重，面對兩大高手的圍殺都力不從心，現在大長老來了，這是個無解的死局。

思量之間，他迅速與管家的對戰中脫開，轉身向李族方向飛躍而去，只有盡快將情況上報族長，增加援手才有一絲轉機。

管家見護衛首領退走，也未追擊，飛身來到大長老身前與黑衣人雙腿跪地：「屬下罪該萬死，屬下無能致使大少爺隕落，屬下任憑大長老處罰！」

大長老盯向兩人，心中恨不得一巴掌抽死兩人。但到底是大長老，悲憤到極致仍能不失理智，他明白事已至此，任何的發洩也於事無補。他開始貿然出族肯定驚動了族長與大祭司等人，護衛首領也已逃走，此時族長等人有很大的機率是在趕來的路上，先處理李鋒為急。

「你們馬上起來，搬兩塊大石綁在這孽畜身上，必須趕在李卓然他們到來之前將之沉塘！」大長老不愧浸淫李族幾十年的老辣之輩，在如此悲痛中，短短幾息，思路清晰，決策果斷。只有消屍滅跡，就是族長等人趕來，也拿他們沒有辦法。

大管家與蒙面人如釋重負，馬上起身在山邊破出兩塊六七百斤的長石，從儲物袋中拿出比大拇指還粗的縛妖繩，將李鋒綁於兩石之中，層層捆綁後抬到青龍潭深淵之處遠拋潭中。

這青龍潭深不見底，李鋒有兩塊大石層層綁緊沉入潭底，必死無疑。三人不做停留，迅即閃身急速離去。

三人離去幾十息時間後，林中先後飛出五道人影。第一道人影閃身剛才李鋒倒地位置，蹲地察看李鋒先前受傷流的血。

「血跡未乾，他們還未走遠，大祭司先原路返回追蹤，看他們是否回族內。其餘人到四處林中分散搜尋，發現蹤跡即刻示警傳訊。」為首之人正是族長李卓然，他四周觀察沒有蹤影，迅速向後面跟來的大祭司四人發出指令。

「遵令！」四人聽令，身形未停，旋即向不同方向騰身而去。

李卓然見四人離去，又向青龍潭與青龍山方向搜尋一遍，未見有任何蹤跡，便轉身向林中另外一方向飛去。

李鋒被兩塊大石捆綁，急速向潭中深淵沉去。昏迷中被刺骨潭水刺激而醒，他想運力掙扎，頓感身上如散了架一樣，骨骼破碎，內傷嚴重，渾身鑽心疼痛傳來，眼前漆黑一片，沒有光亮。

他明白自己被大長老沉了塘。青龍潭他非常熟悉，每年有不少時間在潭中潛水玩耍，潭水深不見底。族中多有高手曾想潛入潭底探祕尋寶，但最深也只潛入十多丈就難以下潛，潭深且水寒難耐。

此時潭中如黑夜一般，他預測自己被千多斤的大石帶入至少二十多丈深處，雖然在水壓與浮力的紓解下，下降速度在變慢，但還在繼續下沉，他不知道到底還會沉多深，而清楚的明白自己要命絕於此潭中，心中湧起絕望與不甘。

他不是怕死，而是他還有很多事需要他完成，真是命運多舛，幾番周折，他還是要隕落於此了。

李鋒身體不斷的下沉，潭水越來越冰寒。身體知覺與意識越來越模糊，隨著疼痛感變得麻木，李鋒的意識也陷於昏迷。

不知道過了多久，李鋒從朦朧中醒了過來，眼前出現一道模糊的身影，他拚命將眼睛睜大一些，只見一似龜似蛇的怪獸立在身前。

「我死了？我的魂魄到了閻王地府？」李鋒第一感覺就是自己死了，但是死了是沒有疼痛感的，為什麼自己身上還有疼痛傳來？

「尊者，這人醒過來了。」這頭似龜似蛇的怪獸突然說起話來。

李鋒不禁四下張望，此時他躺在一座鋪滿雜草的青石平臺上，抬眼望去，這裡有二十多丈被岩石包圍的空間，給李鋒的第一個感覺就是一座很大的岩石洞穴，洞穴內在幾盞忽明忽暗的油燈光照耀下顯得極為陰森。

「醒過來了！大難不死，鴻蒙氣運武魂，命定的機緣造化，看來確實是真命拯救者。」一道蒼老而又雄渾的聲音從飄浮而來的透明身影中傳來。

「怎麼這麼奇怪！我是真的死了？但怎麼死在這麼個地方？這龜形怪獸和這透明身影是誰？是地府小鬼和鬼魂？」李鋒急速腦補，眼睛不斷地轉動，向兩道身影發出驚奇的目光。

「小子，你沒有死，是小玄武發現沉入潭底的你，將你救入我洞府中。」透明身影彷彿知道他在想什麼，一邊手指半蛇半龜的怪物一邊解釋道。

「小玄武？這是古代傳說中的神獸？」李鋒更加驚奇，緊緊盯著這個半蛇半龜的怪物打量：「玄武前輩，謝謝救命之恩！」。

「你爹是叫李卓凡吧？你有鴻蒙氣運武魂。」透明身影沒有顧及李鋒對小玄武的驚奇，向其核實道。

「你認識我爹？我的武魂叫鴻蒙氣運武魂？」李鋒聽到透明身影的話，從驚奇中回過神來，細細地打量透明身影，這才看清透明身影的面目，儘管聲音發出的是無盡歲月的滄桑，但面容如同二十多歲的青年，長長的白髮白鬚隨風飄逸。

這道童顏鶴發的魂魄般的影子與爹爹是什麼關係，李鋒發出疑問。

「哈哈哈哈……」童顏鶴髮老者發出豪放的大笑。

「果然是李卓凡家的小子，不然不可能擁有鴻蒙氣運武魂。」童顏鶴髮老者繼續說道：「我與你爹當年也是天界一方尊者，一千年前共同獲得一天機與異寶，被天界獨裁者得知，想奪取天機與異寶滅口，我被追殺，自壓境界躲在這荒界，但天界仍不死心，派多名強者自壓境界追至荒界，我與這些強者戰了一年多，但終因寡不敵眾，在這五雷山脈我本體被打碎，魂魄乘機偷隱入這深潭之中才躲過此劫。」

「前輩，那我爹呢？」李鋒沒有想到他爹與此人是活了千年的天界之人，天界在哪裡？此人又知道地球嗎？他有諸多問題，想問一問這名童顏鶴髮老者，但話一出口，他先問了這個問題，因為既然這個童顏鶴髮老者與他爹一同獲得異寶，那麼為什麼只有童顏鶴髮老者被追殺，而他爹沒有被追殺。

「我叫青龍尊者，是天界散修，當年與你爹獲得的異寶為無主鴻蒙氣運武魂與鴻蒙氣運訣，這是超越天界的無上異寶，我們想融合此武魂，但無論怎樣都不能融合，後來從鴻蒙氣運訣中得知，必須有天命大氣運者才能融合覺醒。」

「後來為避免被天界將兩件異寶一網打盡，你爹將鴻蒙氣運武魂帶走，我帶走鴻蒙氣運訣。你爹在天界所在勢力要比我強，天界獨裁者不敢明面追殺，但是也不斷對你爹所在勢力進行打壓，以削弱之。」

「在幾十年前，你爹瞞過天界，自壓境界來到這荒界來打探我的消息。不想行蹤走漏，也被一路追殺。他隱藏於雷荒莽林九死一生，後被李族所救。在李族一年，他探得我在青龍潭底，但我只剩一縷魂魄，不得見天日，我是青龍一族，除非有真龍之體才可還魂。沒有辦法，只好先隱居以圖將來……」

隨後青龍尊者將一些事情也娓娓道來。

這小玄武也是李卓凡天界好友玄武尊者的兒子。玄武尊者全家二十多年前被天界獨裁者殺害，李卓凡救出剛出生的小玄武帶到荒界，小玄武比較顯眼，探到青龍尊者後，李卓然就將小玄武與其一起隱於潭底。

小玄武在青龍尊者的指導下，修為已經達到了凝氣境九重。

「我爹十多年前隕落了，我娘也去尋找我爹，十多年不知音訊。」在交流中，李鋒得知青龍尊者還不知他爹死了，他告知青龍尊者。

「什麼，卓凡兄他隕落了，是被天庭追殺的嗎？難怪這些年一直沒有見他來青龍潭。」青龍尊者大吃一驚，他首先想到的是天庭的追殺。

「不是很清楚，傳說是與荒界魔族有關。等我修為提升，我一定要查清此事，找到我娘，為我爹報仇。」李鋒也想把此事搞得清清楚楚。至於天界的事，他也無能為力，也不想去關心。

「青龍叔叔，您知道這個世界有一個叫『地球』的星球嗎？」李鋒還是比較關心這個問題。

「地球？在天界聽說過星球，沒有地球這個名字印象，你問這個幹什麼？」青龍尊者有些詫異。

「哦……沒事，聽別人講過這星球。」李鋒見青龍尊者也不知，忙搪塞過去。

「鋒兒，從種種跡象表明，你就是我與你爹苦苦尋找的能挽救這個世界的天命大氣運者。這鴻蒙氣運武魂能吞天噬地，能夠獲取天地之精華，並煉化成為你的養料，提升你的修為，壯大你的身體，成為無上的鴻蒙氣運體。」青龍尊者微微點點頭，然後話題一轉，神情無比肅然的說道。

「啊！這麼厲害，我感覺我的武魂還可以無限升級呢。」李鋒有些震驚，他爹竟然給自己留下了如此神聖的異寶，以後自己的修煉就要一飛衝天了。

「嗯！這是天界至強都要拚命搶奪的至寶，但是鴻蒙氣運武魂本身只有有限的吞噬功能，並不能讓你無限升級，你的武魂本身就是人級九品，現在經過雷電淬鍊洗禮，只是在覺醒中，如果要無限升級和提升吞噬力，必須要另外一件至寶鴻蒙氣運訣的催動。」青龍尊者點點頭繼續說道。

「鴻蒙氣運訣？」李鋒驚疑道。

「對！鴻蒙氣運訣和鴻蒙氣運武魂是以對相互作用的至寶，鴻蒙氣運訣一旦練成，將會催動鴻蒙氣運武魂的吞噬力和品級升級，吞噬力可以強到吞天噬地，武魂品級可以提升到天級大圓滿。同樣鴻蒙氣運武魂的強大，吞噬天地萬物可以回饋鴻蒙氣運訣的升級，開發出鴻蒙氣運訣的諸多特殊功能，並加大對鴻蒙氣運武魂的催動作用。」青龍尊者繼續將這兩件異寶的作用詳細說明。

「諸多特殊功能？」李鋒再次疑問。

「嗯！鴻蒙氣運訣最高層次為十層，每達到一個層次，將會回饋一種特殊功能，但是是什麼特殊功能，現在都不得而知。」青龍尊者解釋道。

「兩件至寶不僅能無限提升，吞噬天地精華，而且可以不斷提升氣運和天賦。但氣運和天賦不是憑空而來的，他只是擁有的機運比其他人要多得多而已，必須要能把握住這種機運，能牢牢抓住稍縱即逝大機運。這要能經受得起天道對其的磨練和生死考驗，如果能完成對自己的考驗，就可以成為掌控蒼穹的一代至強，擔當起拯救這個末法世界的重任。」青龍尊者眼神凝重，望著李鋒，情緒似乎有些激昂的說道，虛幻的眼眸中竟然有亮光閃爍。

「拯救這個末法世界？」李鋒還是第一次聽到這種說法。

「以你現在的修為境界了解太多對你不好，你現在重要的是修為提升。」青龍尊者說道，然後話題一轉：「當年你出生時，鴻蒙氣運武魂出現異動，自放異彩。你爹覺得鴻蒙氣運武魂彷彿與你有些聯繫，便將其煉入你體內，看覺醒武魂時是否能融入。現在你不僅融入了鴻蒙氣運武魂，而且鬼使神差將你送到潭底大難不死，天意如此。你覺醒了鴻蒙氣運武魂，鴻蒙氣運武魂與鴻蒙氣運訣是一體，自然鴻蒙氣運訣也將歸屬於你。」

說完，青龍尊者手中突然浮現一圓形亮晶晶的光團，他將光團拋出，光團在空中劃出一道光弧，然後沒入李鋒眉心。

李鋒頓時感應到一塊純白如玉，但周圍散發著璀璨白光，形如雞蛋大小的發光體浮現在神海。

隨著璀璨的光芒照亮神海，李鋒感應到光芒中有巨量的能量湧動，並且有絲絲修練鴻蒙氣運訣的知識滲入靈魂之中。

李鋒感覺腦海一片清明，如清晨潔淨如洗的天空，萬里一覽無餘。

「青龍叔叔，這是你拿命換來的至寶，我怎麼能要呢？這會讓我愧疚難當的。」李鋒知道這天外異寶的價值，這是青龍尊者拿命換來的，青龍尊者就這樣給他了，令他感到有些不自在，急忙要推讓。

「哈哈哈……鋒兒，這寶物確實是無上至寶，也確實是我拿命換來的，但是至寶是認主的，放在我這裡就如死物一般，發揮不出任何價值。」

「現在鴻蒙氣運武魂接受了你，說明你氣運齊天，鴻蒙氣運訣在你這裡才能發揮最大作用。再說這件至寶藏在在我的神魂中太久了，極為耗費我魂力，讓我消耗太大，送給了你，反而讓我有如釋重負的感覺。」青龍尊者看到李鋒如此，猛然哈哈大笑道。

李鋒知道青龍尊者講的是實話，但是如此拿命換來的至寶，如果是其他人絕對不會輕易交給他，這是青龍尊者對自己的厚愛，他內心湧起一股暖流，對青龍尊者有無限的感激。

他知道再推辭就顯得做作了，他沒有再說話，而是認真的感應璀璨光芒中源源不斷的鴻蒙氣運訣修煉技巧和知識。

鴻蒙氣運訣只有具有鴻蒙氣運武魂者能夠修練，共分為十層，每一層的修煉都要與修為境界、血脈屬性以及氣運相輔相成。也就是說修為境界、血脈屬性能制約與促進氣運與鴻蒙氣運訣層次的增長。

反過來鴻蒙氣運訣層次與氣運也能制約與促進修為境界與血脈體質的強大。所以對任何一項的積累增長，都是對其他整體能力的促進。反之同樣也會制約其他整體能力的增長。

李鋒原來讀書就是學霸，能夠看書一目十行，過目不忘，作為研究員知識豐富，而經過武修修練，靈識更加寬廣。只短短一刻的熟悉，他基本掌握了解了鴻蒙氣運訣的訣竅。

鴻蒙氣運訣第一層所需條件不是很苛刻，只是按照修煉技巧與鴻蒙氣運武魂配合修煉，達到魂訣合一即可。但到了第二層次的修煉就不單單勤修苦練就成，就需要鴻蒙武魂吞噬天地精華，萬物屬性。只要本體容納的萬物屬性達到一定的量和質，就會反哺鴻蒙氣運訣，鴻蒙氣運訣將會提升層次。

所以鴻蒙氣運武魂和鴻蒙氣運訣相輔相成，相得益彰，但也相互制約，只要一種不能提升，就能制約另外一種的晉升。

李鋒思維非常開闊，他瞬間敏感到鴻蒙氣運訣最終就是要將他打造成萬物屬性的混沌體，那麼後續修練就需要各種屬性物質和能量源泉。李鋒心想幸好是他，如果換成任何一個哪怕是妖孽天賦的天驕人物也難有此見識與認知，沒有這種見識與認知，很難找到修煉方向也會事倍功半。

將所有內容瞭然於心，想好自己的修煉規劃，李鋒臉上露出笑容，就想試著坐起來修煉。

青龍尊者見李鋒露出笑臉，想坐起來，知道他已把巨量的鴻蒙氣運訣內容熟悉，他被李鋒的領悟天賦震驚到了，因為只有一刻鐘時間呀！

他也看過鴻蒙氣運訣，只是不能修煉。但他光熟悉內容就花了五六天時間，他能達到尊者境界，也不是一些荒界頂尖天驕所能比的，這是什麼概念呀！他甚至懷疑李鋒只看了第一層內容，但就是一刻鐘看了第一層內容也是妖孽呀！

「你已昏迷了五天，在這五天裡，我已幫你服了些療傷丹藥，外體傷應該恢復八成左右，只是內傷還需要七八天時間，你先練習第一層沒關係。」青龍尊者見李鋒嘗試運動身體，忙著給他提建議。

「鴻蒙氣運訣主要訣竅在於吸收各種血脈屬性與物質屬性為己之屬性。物質屬性萬物不離金、木、水、火、土五大屬性，牠們可相生出大多其他屬性，所以重點要注重這五大屬性的吸收煉化。我看你身上火屬性飽滿，這裡水屬性濃郁，而且小玄武也是水屬性遠古神獸後代，你與他搞好關係，他可助你煉化水屬性，或否得到他的神獸血脈相助，對你修練有天大好處。」

李鋒做好修煉準備，青龍尊者也是全心指導，說完最後一句時，他不經意地望向小玄武。

「鋒弟，你爹是我救命恩人，以後你我就是兄弟，我娘以前叫我小黑，我比你大幾歲，你就叫我小黑哥吧。無非逼一滴血而已，就是逼十滴也行。」小玄武見青龍尊者望向自己，急忙面對李鋒表態，非常豪爽。

「小黑哥，謝謝你！現在第一層不急於煉化血脈，我先試著修練第一層，修練到第一層才能激發武魂的屬性吸收能力。」李鋒對整個修練程序非常清晰。

旁邊青龍尊者聽後點了點頭，他確信李鋒已經熟悉了鴻蒙氣運訣內容。

李鋒不再多言，盤腿坐起，靜心開始修練鴻蒙氣運訣第一層。

第一層的修煉方式很簡單，也就是先把鴻蒙氣運訣融入鴻蒙氣運武魂。李鋒按照鴻蒙氣運訣修煉技巧將靈識覆蓋那塊潔白如玉如雞蛋大小的發光體，發光體瞬間光芒璀璨，從中散發億萬細微的晶瑩亮點，亮點向著鴻蒙氣運武魂飛去，然後慢慢包裹鴻蒙氣運武魂。

接著包裹鴻蒙氣運武魂的亮點漸漸消失，彷彿已經滲入鴻蒙氣運武魂中，原來有些灰暗的鴻蒙氣運武魂變得漸漸晶瑩剔透，李鋒的神智也變得透亮，思維極為快捷。

接著又有新的晶瑩亮點包裹鴻蒙氣運武魂，滲透進入鴻蒙氣運武魂，如此往復，李鋒整整修煉了一天時間，那塊潔白如玉的發光體全部消散成晶瑩亮點，徹底融入鴻蒙氣運武魂中，原來灰暗的鴻蒙氣運武魂變得透亮一片，靈識掃過，可以望見無盡的蒼穹，深邃而浩蕩，極為震撼。

……

第二天，李鋒按照鴻蒙氣運訣修煉方法將意念進入鴻蒙氣運武魂中，催動鴻蒙氣運訣將本體血脈、物質屬性以及內含無形的氣運和鴻蒙氣運武魂相互融合。

這種進展不是很順利，李鋒運用鴻蒙氣運訣不斷嘗試溝通身體中物質屬性與武魂相融，但不是所有物質在武魂外游離不融，就是強行融入武魂後又排斥出來。

就這樣失敗了又重融，重融後又失敗。一天後，終於累積了一些經驗，首先排斥較小的血脈屬性融入武魂的時間越來越長。兩天後，排斥較大的物質屬性也在融入武魂，其他屬性更逐穩定。

又經過兩天的反覆相融，武魂與身體各物質屬性、血脈、氣運已經水乳交融，你中有我，我中有你，鴻蒙氣運武魂徹底融入全身各物質與血脈之中，這樣整個鴻蒙氣運訣的第一層修煉基本完成，也就是鴻蒙氣運訣、鴻蒙氣運武魂和肉體血脈、物質屬性以及氣運完全融合一體。

李鋒釋放出鴻蒙氣運武魂，武魂因飽滿物質屬性、血脈與氣運，形態輪廓更實體，顏色變得更深了些。又過了一天，武魂突然又增加一圈黃色暈輪，升級到人級六品武魂。

李鋒此時感覺武魂比以前更加威猛，有一種不怒自威的氣勢，而且融入全身物質屬性和脈絡細胞之中就是不釋放出來都能發出強勁的吸納吞噬力。

「鴻蒙氣運訣練到第一層，催動武魂可以吸納周圍三丈內的的靈氣、物質屬性與氣運。現在鴻蒙氣運武魂、鴻蒙氣運訣已經完全與身體血脈、物質與氣運水乳交融，武魂也顯示強大威勢，第一層修練完，我先試著催動武魂的吸納吞噬力看看。」

李鋒心有所想，鴻蒙氣運訣頃刻運轉，他未放出武魂，頓時就感覺周圍三丈各種物質屬性、能量、氣運急速向他湧來，然後煉化融於自己身體，壯大自己的體質、氣運與修為。

閉目之間他感到身上流動著更明顯的濃郁水屬性流和一絲古老血脈流。

「啊！怎麼我的血脈屬性在異動？」

李鋒聽到小玄武在驚叫，急忙睜開眼，自己修練的這幾天，小玄武一直守候自己的周圍，強大的武魂吞噬力對其血脈屬性有牽引力，但因鴻蒙氣運訣層次很低，只是有牽引感而已。

李鋒想如果自己的鴻蒙氣運訣提升到更強，那是不是可以把其他武修的血脈屬性強吸過來。想到這裡，他急忙停止運轉鴻蒙氣運訣。

鴻蒙氣運武魂的吞噬力與李鋒的武魂品級和鴻蒙氣運訣的等級相關聯的，他現在還只是達到鴻蒙氣運訣第一層的初期階段，每增加一個階段，鴻蒙氣運訣運轉對武魂的吞噬力會有一倍的增長，當然武魂的品級增長，也會增長自身一成的吞噬力。

「不錯！六天時間就將鴻蒙氣運訣第一層修練成功，天賦確實妖孽！不過鴻蒙氣運訣越往後的修煉難度會成倍增長，而且所需的各種條件會更苛刻，你要有應對準備。」青龍尊者臉露喜色，同時不忘告誡道。

「嗯！我知道了。謝謝青龍叔叔。小黑哥，對不起，剛才不是有意的。」李鋒非常感謝青龍尊者，不是他無私將這麼珍貴的鴻蒙氣運訣贈與他，自己不可能有如此造化。

李鋒又轉頭望向小玄武表示感謝，這小玄武不光救了他，而且對他如此貼心照顧，此時他對小玄武有如兄弟般的情感。

「鋒弟修練成功了！沒關係的，本來就要給你幾滴精血助你修練的，如果現在要，我就逼出來給你。」小玄武聽到他這個鋒弟功法修練成功也是很高興，說著就逼出幾滴精血直接送到李鋒眼前。

「那怎麼行，傳說無論是人還是神獸，整個精血是只有十二滴，你逼出這麼多，對你的身體與修為有影響的。」李鋒堅決推辭道。

「鋒兒，你就接著吧，只要不超過體內一半的精血，影響不大，經過修養，不用幾天就能恢復。遠古神獸傳承是體修，修為不靠能量修練，靠的是自己的肉體與血脈的成長，就要不斷對自己的身體淬鍊和機緣造化，你就不必擔心了。但遠古神獸的精血卻對你的血脈與體質改造有很大助力，而且其中所含功血可助你修為突破。」青龍尊者見李鋒有所顧慮，忙出面解釋。

李鋒聽青龍尊者一說，也不再作態推辭，收下精血，將大約有五滴全部吞入腹中。

精血包含著神獸的功血精華，龐大的能量讓李鋒感到熱血沸騰，一股更強的遠古神獸血脈與功血能量湧入全身，衝擊著身體各大經脈、細胞，將他的體質與血脈瘋狂的融合提升。

同時渾身海濤般的力量噴張，李鋒頓時顯得極為狂躁，彷彿必須將這股力量排泄出去才會舒坦。他整個人興奮到極點，任憑這股力量在丹田不斷衝撞，隨著精血不斷的煉化，融入經脈、細胞，這股力量越來越強大，竟然將丹田第二層與第三層的壁壘強勢衝破，使李鋒修為突破到凝氣境第三重。

這時精血還只煉化了一半，剩下的精血所含的血脈之力和功血繼續改造著李鋒的肉體與血脈。他有一種幻覺，彷彿已變成一尊高大威猛的太古神獸。

功血能量不斷湧入丹田，不斷在合二為一的第三層中四處衝撞，李鋒不得不一邊煉化精血，一邊築基鞏固。雖然這些天，他經歷兩次生死拚殺，每一次的拚殺對他的修為鞏固與凝練比平時修煉要快百倍。

瀕臨死亡，身體每一個細胞就如處在真空狀態，人的靈感和力量在電光石火間噴發到極限，平時就是拚盡全力卻無法實現這一點。

他的根基已經非常紮實，肉體與血脈在太古神獸血脈的改造下也是飛躍提升，完全可以衝破丹田第三層，突破到凝氣境第四重。為了保險起見，他還是一邊對丹田壁壘進行築基，一邊煉化剩下的精血能量衝擊。

又過去了一天多時間，精血完全煉化完成，李鋒無論從肉體血脈以及氣運都有飛躍提升，他感到憑身體的力量不需運用真氣與武技就可以擊敗一般凝氣境三重武修。

最有收穫的是武魂也升級到人級七品，修為雖然沒有突破到凝氣境四重，但也快了，因為第三層與第四層的壁膜被沖薄了不少，只要有充足的能量衝擊就可突破。

「青龍叔叔，這裡可有靈石或能量丹藥？」李鋒睜開眼向青龍尊者問道，他想機會難得，一舉突破到凝氣境四重，也就不講客氣。

「我再給你逼幾滴精血吧。」小玄武見李鋒要繼續突破，作勢就要逼出自己精血。

「不要了，謝謝小黑哥。你的精血對我作用巨大，但是用的越多效果就下降，剛才最後一滴精血煉化後就沒感覺了。」李鋒見小玄武又要逼精血，連忙阻止道。並不是精血對他沒用，而是再逼精血肯定會影響小玄武的修為與根基，他不想這樣。

「修練鴻蒙氣運訣，任何強大的血脈對你都有用，但是鴻蒙氣運訣的修煉對體內煉化的所有血脈屬性平衡要求很高，如果某一種物質屬性相對體內其他屬性過於偏高，鴻蒙氣運訣就會自發的對這種物質屬性進行排斥，所以要注重平衡煉化推進。」

「造就強大的鴻蒙氣運體要的是吸納造就這個世界的無盡物質屬性、無盡血脈與氣運，一種物質屬性就是無窮大也沒用，而是種類血脈的越多越能造就鴻蒙氣運體。」青龍尊者向李鋒說明他修煉的目標，最終是打造鴻蒙氣運體。

「我這裡也沒有靈石或能量丹藥，當年我被打得只有一縷殘魂隱於此，身上所有資源盡失，只用神魂包裹這件至寶。而小玄武不需能量修煉，你父親只帶了一些療傷丹藥在此。」青龍尊者繼續解釋道。

「看來今天突破不了啦。」李鋒見青龍聖者如此說，他思忖著，但也未糾結，準備站起身來，感覺到身上有儲物袋的沉重感。

「嗯！我的靈石沒有被大長老搶走？」李鋒一直以為大長老等把自己沉入青龍潭，財物肯定會被他們順便搜刮走了。

實際那天匆忙，大長老只想在族長趕來之前匆匆殺了李鋒。大管家與黑衣蒙面人有罪惡感，心中惶恐，一心也想討好大長老，在族長趕來之前完成大長老的任務，都哪有心情與心思去搜刮財物，還好這一袋財物保留下來了。

「真是天助我也！」李鋒一喜，先拿出十顆靈石轟成碎粉，一股龐大的靈氣充斥空間，他沒有放出武魂，運轉鴻蒙氣運訣，只有幾十息，強大的吞噬力就將空中濃郁的靈氣吞噬一空。

現在武魂與修為升級，李鋒的吸收與煉化能力增長了幾十倍。他十顆一組，將靈石轟碎、吞噬、煉化，當煉化完第六百一十顆靈石後，第三層與第四層的壁膜被四處衝撞的真氣撞破，澎湃的真氣湧入丹田第四層。

「靈氣境四重。」李鋒算了一下，在這裡度過了八天多時間，造化天大，自己的修為得到全方位的提升。接著他將剩下的三百多靈石花了近兩刻鐘全部煉化，修為完全鞏固到凝氣境四重。

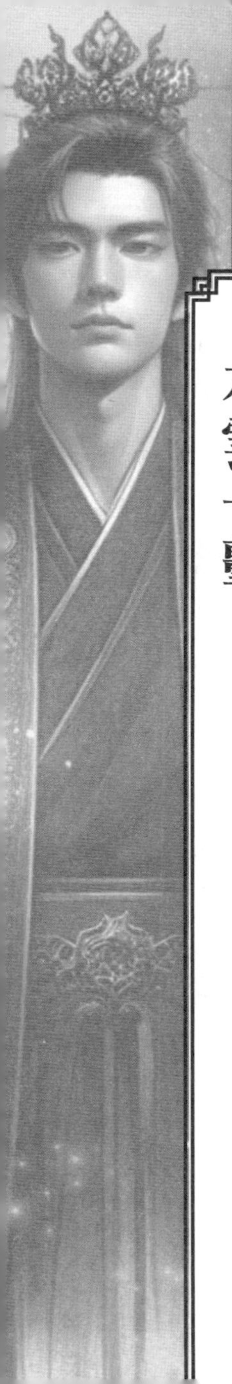

第六章 水雲一擊

此刻李鋒是意氣風發，站起身來調集真氣，全力向洞中七八丈遠的岩壁轟出一拳。

「砰」的一聲，岩壁碎石飛濺，堅硬的岩壁被轟出盆大的窟窿。

「好！凝氣境四重，這股氣勢完全可以輕鬆擊敗凝氣境五重武修。」青龍尊者讚道。

「謝謝青龍叔叔！這次能有如此精進，要感謝您與小黑哥的助力。」李鋒高興之餘自然不忘感謝青龍尊者和小玄武。

「鋒弟客氣了，我只是順手而為，完全是鋒弟天賦異稟！」小玄武由衷高興道。

「不過你出手完全靠修為能量，沒有攻擊技巧加持，戰力會有些折扣，我這裡的攻擊類功法太高了，不是你現在修為能發揮的。嗯……我記憶中留有一套我早期用的皇級功法，第一級的水雲一擊第一層功力算柔和，以你現在境界，有我在這裡，修煉個八成應該沒問題。」

青龍尊者不愧為至強者，李鋒一出手就知手中有沒有。但他的境界與李鋒簡直就是天壤之別，他不可能留有如此低境界的功法，而一門無意間留存的低於他很多境界的功法也是李鋒難望其項背的。

這門功法分為三級九層，第一級就是「水雲一擊」，要達到靈丹境才能輕鬆運用，而「水雲一擊」第一層到了靈丹境才可以安全運用。

現在李鋒凝氣境四重，距離靈丹境有三個大境界，施展這一招，威力可瞬殺靈丹境以下武修。但問題是會因施展這招武技抽空自己的功力和精氣而亡，除非要與高自己一個大境界的高手同歸於盡時使用。

李鋒的體質血脈已接近遠古神獸的少年期，相當於中位玄氣境武修體質了。修為雖然達不到修煉基礎標準，但他的丹田是別人兩倍。青龍尊者想思忖著，他將「水雲一擊」改進一下，但怎麼改，也要到玄靈境才能安全施展，他想只要自己在旁邊指導與保護，應該還是可以嘗試修煉。

考慮清楚後，青龍尊者還是慎重了些，對第一層加以改進，變得更加柔和些，改進後的招式雖然不能擊殺高自己一個大境界的高手，但是將其擊潰是沒有問題的，隨後他將改進後的功法凝成一團光影打入李鋒腦海中。

青龍尊者改進後的招式，運用功力會降低了一些。他開始指導起李鋒，告誡李鋒先不運真氣，以意念熟悉動作技巧。

一刻鐘後，李鋒基本熟知「水雲一擊」的運用路徑，實際也不完全叫「水雲一擊」，只能說改進後的一招功法。

李鋒感應這一招功法武技，也就是武修用意念調集身體中的水屬性和風屬性，領悟感應水如洪水暴發和風捲殘雲的力量，不斷的冥想感悟周圍的水屬性和風屬性，逐步形成水力和風力。

在冥想和感悟後，用自己身體中的水屬性和風屬性引起周圍的水屬性和風屬性共鳴，逐步形成水流、洪流和勁風、颶風。

當形成洪流和颶風後，再用意念將這些洪流和颶風壓縮，最後形如拳頭大小，反覆凝練，最終就形成恐怖的水雲一擊。李鋒只是感應了一下，就感到這種凝聚的打擊能量有多恐怖，他不由得露出了微笑。

青龍尊者見李鋒已進入入門狀態。然後打出一道玄光罩住李鋒的身體，再要李鋒開始用功法技巧修煉，他在旁邊隨時保護。

李鋒開始用自己身體內的水屬性和風屬性引動周圍水屬性和風屬性，經過幾次引動，李鋒感覺自己周圍有了水流和微風拂過的感覺。

青龍尊者在旁邊不住點頭，他覺得李鋒修煉進步神速，可能李鋒本身身體內就含有濃郁的水屬性和風屬性的緣故，別人修煉肯定要先吸納和凝聚物質屬性。

一天時間過去，李鋒感應到自己引動兩種屬性，身邊彷彿有洪水奔騰，颶風嘶吼。他開始用意念去壓縮這種巨大的洪水和颶風，一個時辰一個時辰過去，四個時辰後，洪水、颶風被壓縮到拳頭大小。

「嗯！不錯，只用了一天多時間，就將水雲一擊第一層的能量凝聚成功。你現在修為不行，就到一層打止吧，下面開始修煉縮減凝聚時間，能在一息之間凝聚成拳頭大小才能合格。」青龍尊者始終都在關注李鋒的修煉進展，他看到李鋒已經凝練了一個拳頭，急忙制止後說道。

李鋒開始將凝聚的拳頭釋放掉，又重新凝集，這次只花了一個時辰就凝聚成一個拳頭，就這樣李鋒經過反覆凝聚，又過了兩個時辰，李鋒能夠在一息之間凝聚成拳頭時才停止。

「好了！你先試著用一成功力打出去試試！然後遞進式的增加功力發力。」青龍尊者又說道。

李鋒隨即運轉一成真氣把凝聚的拳頭能量打出去。一道淡藍色的拳影飄飄忽忽向前碰去，擊打在兩丈外的碗口粗的大樹上，大樹抖動了一下。

「感覺沒事就繼續加大真氣。」青龍尊者繼續提醒。

李鋒不斷的加大真氣，直到加大三成真氣時，兩丈外碗口粗的大樹被直接轟成粉碎。

但李鋒將自己身體內的真氣抽出一半時，另外三丈外一顆同樣碗口粗的大樹瞬間成為碎片，拳影繼續衝擊了三丈多遠，擊在六七丈外一顆大樹上發出「砰砰」震響。但是這時李鋒感到真氣不足，要停歇十幾息才能將真氣補足。

十幾息後，李鋒運轉了六成真氣，瞬間將六七丈外那顆有一尺多直徑的大樹擊碎，拳影繼續前衝了兩丈打擊在一個參天大樹上，將這顆參天大樹震得不斷抖動。

李鋒感到真氣不繼，休息了三十多息才補足真氣。李鋒感覺自己平時運轉全部真氣也不會出現真氣不足的現象，但是施展「水雲一擊」每增加運轉一成真氣，自己丹田儲存的真氣會成幾何式增加的狀態被抽走，當然拳影轟擊威力也成幾何式增長。

三十息後，李鋒開始運轉七成真氣，「轟隆」一聲，拳影如利劍一樣爆射而去，擊打在十二三丈外近三尺直徑的參天大樹上，將大樹擊打得「喀嚓」一聲斷裂。

李鋒感到極為虛弱，坐在了地上，半個時辰後才恢復體內真氣。

「好！你最多只能用八成真氣施展，八成真氣不會有危險，但是你用九成真氣運轉，功法會瞬間將你丹田真氣吸空，甚至吸走精氣，會枯竭而亡。」青龍尊者始終全程掌控把握運功力度，加以保護，這時他叫停了李鋒的修煉。

「只能這樣了，現在你功力有限，能做到這樣也不錯了，施展出來雖然擊殺不了玄靈境以下武修，但也能讓其喪失戰力。我授你此招，主要是你現在修為較低，遇到修為高於你太多的高手可用此招保命。但不到保命時千萬不要用這一招，此招一出，你自己也就無力再戰。」青龍尊者一再囑咐，說完感覺有些困乏，畢竟是一縷神魂，所耗精神太多，神魂有些黯淡。

「青龍叔叔，這些天讓您殫精竭力，我真不知何以為報。」李鋒當即跪下一拜。

「鋒兒賢侄，你不必自愧，我之所以盡心助你，一是我與你父志同道合，親如兄弟。另外也是把將來寄託於你，以後要拚命修煉，成為這個世界的至強者，完成我與你爹心願，也就是對我的報答。」青龍尊者一揮手，將李鋒扶起，又道：「你在此處待了十多天了，該做的都做了，將來你有何打算？」

「我本計畫進入五雷天宗修煉的。現在也只有去五雷天宗，五雷天宗外門弟子招錄考試可能快要開始了。尊者前輩，您與小黑哥難道一直只能困在這裡？」李鋒說出自己計畫，同時想知道青龍尊者有何打算。

「我一縷殘魂，不能長期見光。如果能得到真龍體讓我復活才是機緣造化。小玄武已經在潭中待了近二十年，現在已成年，也該出去闖蕩了，這次也需小玄武護你才能走出潭底，你們就一併走吧。」看來青龍尊者這幾天早就謀劃好了。

李鋒見青龍尊者如此說，也沒有更好的辦法，只好與小玄武一同向青龍尊者辭別。

「尊者，您自己要保重，我與鋒弟出去一定尋得真龍體助你復活。」離別時總是傷感的，特別是小玄武與青龍尊者生活了二十年，兩人亦師亦父，感情深厚。

「我在這裡很安全。你們去吧，以後要相互照應。我也要休息了。」青龍尊者一揮手，轉身向洞內飄去。

李鋒與小玄武見此，再一次跪拜而別。

小玄武為了外出不引起麻煩，將自己的本體變化成人形，雖然他出生有二十來年，但作為普遍能活萬年的神獸，二十年只是處於幼年期，變化成人形，看起來只是人類十來歲的小孩。

在小玄武的護佑下，兩人很快升到潭面。

李鋒沒有回李族，而是攜小玄武直接向五雷天宗方向縱躍而去。有仇不報非君子，李鋒也是一個快意恩仇的人，但現在顯然不是時候，只會給然叔添麻煩。等自己修為提升到玄氣境，他會回來算這筆帳的。

……

小玄武在潭底隱身近二十年，見到外面陽光與景色，一切都顯得新鮮，心情也是爽快。李鋒也是一掃先前的鬱悶，兩人談談笑笑，走走玩玩，半天時間就穿過青龍山。

青龍鎮就在青龍山邊，要到五雷天宗去必須要路過青龍鎮。李鋒見天色已晚，兩人感覺也有些困乏，決定先在青龍鎮找個客棧住下，填飽肚子，休息一晚，明天趕路也不急。

兩人找到一家比較熱鬧有著上下兩層的酒樓，李鋒認為越是人多，味道絕對差不了，也不會有隔夜的食材。

進入酒樓，樓下人已坐滿，看來生意確實火爆，忙問小二還有座位沒有。小二說二樓還有一間雅間，不過要另收三錢銀子雅間費。

李鋒覺得也能接受，便跟隨小二進入雅間，房間內布置也清新典雅，雅間窗戶對著街外，通風明亮。兩人滿意坐下點了一素兩葷一壺酒。

小二將門關上走後，兩人靜等酒菜到後慢慢享用。就在這時，房外一陣吵鬧，樓梯噔噔踏得急響，緊接著李鋒所在雅間門「砰」的一聲被人猛力推開。

「這個雅間是本少爺的專屬包房，誰吃了豹子膽敢坐在這裡，趕快給我滾！」隨著門響，一道口氣相當跋扈的聲音傳入李鋒耳朵。

李鋒抬起眼皮，望向門口，門口一共五人，前面兩人身穿錦衣，看來是有錢人家的公子。

走在最前面的是一個十六七歲的少年，兩道濃眉下眼睛發出寒光盯向李鋒兩人，聲音就是從他嘴中發出的。五人中有一人李鋒認識正是先前引他上樓的酒樓小二，還有兩名打扮有些妖豔的年輕美麗女子。

李鋒慢慢收回目光，與小玄武彷彿沒有聽見一樣悠然而坐。

前面兩錦衣少年見這兩人根本不鳥他們，臉色突然變色就要發怒。

這時酒樓小二一臉尷尬，忙擠身向前，來到李鋒面前，不斷點頭陪笑道：「二位客官，這兩位公子你們是得罪不得的，這位青龍鎮第一大族張族張二少爺。這一位是青龍鎮秦鎮長的三公子秦公子。不如我這裡另外給二位在一樓安排個位置吧？」

「我就坐在這裡了，哪也不去，誰來都沒用！」李鋒就是見不得這種凶惡跋扈，仗勢欺人的流氓樣。如果好好言說，他說不定也無所謂，但在他面前如此豪橫，今天這個雅間他要定了。

「喲呵！讓你滾是給你臉，你他媽的還不要臉了？再不滾就打斷你們的雙腿！」兩錦衣少年火冒三丈。這小二沒介紹，還以為二人不認識他們，現在已經明確告訴他了，這不就是徹底的藐視他們，以後在這青龍鎮還如何混。

衝在最前面的是張族二少爺張克用，上次族中覺醒武魂他覺醒了人級七品武魂，他爹與張族把他當成寶，覺得這是族中妖孽天才，怕外族打壓，向外傳只覺醒了人級六品武魂。

這一個月來，他整個人都是在雲中飄著，在青龍鎮走路都是橫著走的。在張族大量資源堆積下，今天又突破了凝氣境三重，就約了他最好的朋友在這個酒樓喝酒助興，沒想到在朋友與美女面前顏面盡失。

張克用爆發出凝氣境三重修為一拳向李鋒轟了過來。

店小二看張克用一拳如此凶猛，心想完了，今天在酒樓要搞出人命了。這小子年紀輕輕，修為定不會有多高，可惜年輕氣盛不聽勸告白白丟掉生命。

眼看張克用一拳已轟在李鋒胸前，突然張克用的拳頭靜止在那裡一動不動了。

「嗯？怎麼回事？」幾個人都和店小二一樣反應不過來了，張克用怎麼不動了？而張克用的臉變得扭曲起來，彷彿受到什麼恐怖東西的驚嚇。

「區區一個凝氣境三重也想殺我，給我滾！」桌前這個少年並未從凳子立身，一聲暴喝，張克用瞬間倒飛出來，然後撞在剛準備進門的秦公子身上，差點將秦公子撞倒。

原來李鋒的手不知從哪裡冒出來的，也不知什麼時候已經死死的捏住了張克用轟過來的手。他只輕輕一捏，張克用就難以承受李鋒手上的千鈞之力，痛得齜牙咧嘴。李鋒順勢往前一送，張克用就飛了出去。

「你是什麼人？你可知道在這裡得罪了我，你走不出這青龍鎮！現在讓出這雅間，我就不再追究了。」秦公子到底比張克用大兩歲，見過一些世面，他扶住張克用，感覺這桌前少年有些功力，也不知什麼來歷，口氣緩和了一些。

「我們就一過客。你們最好另找地方，要嘛就等著，等我用完餐就讓給你們。」李鋒見秦公子緩和些，他也跟著緩和些。

在秦公子眼裡這哪裡是緩和，簡直就是對他的侮辱。他爹在這青龍鎮一言九鼎，他就如太子般的存在，哪裡受過如此侮辱。

「管你是誰，今天到了這青龍鎮，就是強龍也要脫層皮！」秦公子仗著自己凝氣境四重修為，不是一個張克用能比的。

秦公子理了理垂在前額的瀏海，整理好被張克用撞亂的衣衫，動作煞是紳士般走到李鋒桌前：「你自己出來受死吧！」

李鋒用眼瞟了秦公子一眼，就像看一個小丑一樣，藐視地冷笑了一下，接著轉過頭自顧自與小玄武說起話來。

「你這個王八蛋，竟敢無視我，讓我先教教你如何做人！」他再也裝不起紳士，臉都氣歪了，身閃如電，一巴掌向李鋒臉上甩去。

「啪！」手掌打在臉上，發出脆響。

隨著耳光的脆響，一道人影飛向門口，站在門口剛剛神魂未定的張克用慌忙往外急躲，可能是過於突然，或是閃躲力量太大，竟撞在站在門口的店小二身上，店小二向身體連連後退，又撞在兩妖豔女子身上，三人立腳不穩，然後從二樓滾到一樓。

三人鬼哭狼嚎，狼狽不堪，引來這個酒樓食客的好奇，齊齊望向二樓。

張克用到底是凝氣境三重修為，穩住了身形，看到倒在地上的正是秦公子，左臉上一塊血色的巴掌印，兩顆門牙裹著濃血從口中飆出三尺多遠。

秦公子眼冒金星，他被打愣了，他沒想到結果是這樣，他的招牌動作還沒亮起來，對方竟然不講武德，而且還敢打這個在青龍鎮如皇太子般的人物的臉。

他爬起來摸著瞬間已紅腫起來的左臉，羞辱感讓他血往上衝，運集全身真氣，放出武魂，他要孤注一擲，一拳把眼前這小子砸死。

李鋒見來拳氣勢如虹，馬上閃電般從凳子上立起，向右一側身，躲過如疾風砸來的一拳，左手順手捏住了秦公子的拳頭。秦公子感覺整個手骨頭都碎裂了，手上鑽心的疼痛感傳來。

李鋒現在也是凝氣境四重，但戰力完全碾壓這個花花公子，就是再來三個秦公子，李鋒也能輕鬆對付。

「啪！」又是一聲脆響，秦公子的右臉上呈現一道深深的紅色巴掌印，又有三顆牙齒裹著鮮血灑落房間各處，旋即右臉也腫起來，秦公子整個頭已不成人形，完全一個豬頭。

「如果再不滾，不妨打斷你的雙腿！」李鋒厲聲暴喝。他不想在這裡弄出人命，但對於這些仗勢欺人的傢伙從不會手軟。

「小……小子，有……有種報上你的名來！」秦公子連滾帶爬來到廂房門口，然後強忍怒氣，轉身一臉怨毒的看著李鋒喊道，但是喊出的聲音有些漏風。

「行不更名，坐不改姓，李族李鋒是也！」李鋒從容報出自己身分。

一個小小鎮長他又何懼，就是再大的勢力，李鋒也是初心不改，快意恩仇。

「好！這……筆帳我……會找你算！」秦公子扶著張克用走下樓梯，因為臉腫得太厲害，眼睛都看不清樓梯了。

樓上的動靜早已驚動樓下眾食客，見秦公子與張克用下來如此模樣，更是一片譁然。

「這樓上人是何等人物，竟敢打秦公子與張二少？」

「這兩人就是青龍鎮兩霸王，在青龍鎮還沒有敢動他們的人，周圍只怕只有五雷天宗的弟子了。」

「五雷天宗一般的弟子沒這麼大的膽量，秦公子的二哥與張家大少爺可都是五雷天宗天才弟子，秦公子二哥還是內門天才弟子呢。」

「以兩人心性，只怕不會善罷甘休，以後有得好戲看了。」

聽著樓下議論，李鋒也不在意，忙催著店小二上菜。

店小二再不敢怠慢，不久就將酒菜上齊，李鋒與小玄武吃吃喝喝，有說有笑，根本沒把剛才的不快放在心上。

「秦公子，是否要你爹派人將這兩人抓起來。」走出酒樓，張克用難洩心中憤恨，向秦公子出主意。

「不……行！讓我……爹知……道，他……又要責罵我丟了他的臉。後……天五雷天宗招收弟子，我……看這李鋒肯定是去報考的。只……要到了五雷天宗，我要整得他叫天不應，叫……地不靈。」原來秦公子與張克用也計畫進入五雷天宗，而五雷天宗有兩個哥哥罩著，李鋒再有能耐也逃不過他們的手掌心。

張克用聽秦公子如此說，也強壓心中的怒氣，臉上露出一絲獰笑。

李鋒與小玄武酒足飯飽後，兩人找好客棧，然後到鎮上轉了轉便回房休息。

一夜無話，第二天兩人直奔五雷天宗。

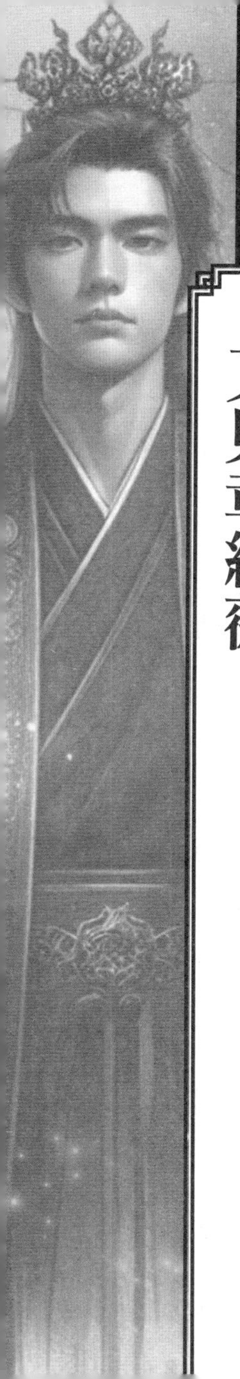

第七章

又見章紅薇

五雷天宗。

章紅薇回宗後也沒有去告發賀選，一是她自己沒事，而賀選受了重傷，療傷十多天才恢復。二是賀選的父親是五雷天宗內門首席長老，位高權重。沒有鐵證，憑她一面之詞宗門是不會將賀選怎麼樣的。

還好這段時間賀選也沒再去騷擾她，她一邊修練一邊盼著李鋒前來報考。本來她就已經是凝氣境三重巔峰，回宗門時突破到凝氣境四重，經過二十來天修煉，她突破到凝氣境五重。

這一天，五雷天宗開門應考，一早章紅薇就來到山門前。

此時山門前已人山人海，有幾千少年弟子熙熙攘攘等待五雷天宗開考。

章紅薇站在高處，向人群搜尋了幾遍，沒有見到李鋒。

「難道他沒來？」章紅薇有些失望。

實際李鋒與小玄武早已來到山門前，在山門前遇到幾個熟人，一個是李族弟子李彥，現在也有凝氣境二重。李彥人不壞，但以前的李鋒不善言辭，也不願意與人交往，所以雙方接觸比較少。

既然是同族，見面聊了幾句，李鋒探聽到李彥不知道他與大長老在青龍潭的事，看來大長老回族後也沒有宣揚。

後又遇見張克用與秦公子兩人，兩人見李鋒也是一陣冷笑，然後躲開了李鋒，李鋒也沒在乎。看見章紅薇在山門內向人群張望，他知道肯定是在找他。

「紅薇姐！」

章紅薇正在思考，人群中有人呼喊。她向聲音來源處望去，正是李鋒。

「鋒弟，你果然來了，快到我這邊來。」章紅薇一掃剛才的失落，雀躍著招呼李鋒。

李鋒帶著小玄武從人群中擠過，想要與章紅薇會合。

「這五雷天宗的女弟子好美呀！我要能認識她該有多幸運呀！」

「這小子是誰呀？豔福不淺啦！」

這李鋒與章紅薇一呼一喊，引來眾多應試弟子的議論，主要是章紅薇的姿色與身材引來無數弟子側目。人群一陣騷動，山門前周圍站有上萬報考青年男女，也有前來看熱鬧和維持秩序的五雷天宗弟子，女弟子也有上千，不乏姿色超群的女子，但與章紅薇一比就黯然失色多了。

「喂！你亂擠什麼，這裡是你家開的嗎？素質太差了！」有幾個被李鋒擠到的應試弟子本身對李鋒被美女弟子呼喚就心存嫉妒，心想被呼喚的為什麼不是我呢？

「不好意思，我女朋友在那邊等我。」李鋒一邊擠，一邊陪小心，但這話聽起來好像更讓人有氣。

「站住，再擾亂秩序，就將你趕出考場！」眼看擠出人群，正在維持秩序的兩名五雷天宗的男弟子也有些對李鋒不爽，上前攔住李鋒與小玄武兩人。

「兩位師兄，這是我弟弟，請行個方便。」章紅薇見李鋒被攔，忙上前對兩位維持秩序的五雷天宗弟子微微一笑，兩個酒窩深陷，純美動人。

「原來是紅薇師妹的弟弟，那請便吧。」兩名五雷天宗弟子見章紅薇向他們露出甜美笑容，口中親切的喊著師兄，整個心都要化了。儘管心中對李鋒的不爽，還是將李鋒放了過去。

「你剛才跟他們說什麼？」章紅薇把李鋒拉到一邊，開口嬌嗔。

「啊……嗯……沒有說什麼，剛才擠到他們了，跟他們賠不是。」李鋒知道剛才說的話被章紅薇聽到了，趕快裝糊塗。

「我好像聽到你還說了句什麼的？」章紅薇眼睛死死的盯著李鋒，不屈不撓的追問。

「紅薇姐，妳修為突破得好快呀！」李鋒被章紅薇盯得有些不自然，趕緊轉換話題。

「鋒弟，你這段時間進步也很快呀！」章紅薇心想這個傢伙太狡猾了，算了，還是暫且饒過他吧。

「噢！給你介紹一下，這是我的朋友，叫小黑，比我大四歲，我叫他小黑哥。」李鋒連忙將小玄武介紹給章紅薇，怕章紅薇看到小玄武的樣貌像個十來歲的小孩引起誤會，特別強調。

「啊！小……小黑……哥。」章紅薇叫得卻有些不習慣。

「妳叫我小黑就行了。」小玄武見章紅薇有些尷尬，臉也一紅說道。

「小黑哥，這就是我跟你說起的五雷天宗弟子，我叫她紅薇姐，她對我可好啦！曾救過我命。」李鋒轉又向小玄武介紹章紅薇。

「紅薇……姐……嗯……妹。」小玄武臉漲得更紅，有些語無倫次，不知怎麼叫好。

「這麼個小孩叫我妹，真是有些不習慣，你就叫我紅薇，或者乾脆你就隨鋒弟叫我姐算了。」章紅薇比較直爽，對小玄武笑道。

小玄武望了望章紅薇，轉頭又望了望李鋒，靦腆低下頭不知道怎麼回答。

山門前的情景已被遠處兩名顯得有些威嚴的中年人盡收眼底。

兩名中年人後面有一少年弟子不斷的向這邊指指點點。如果章紅薇看見肯定認得，那名穿灰色衣袍的就是主持本次外門弟子招錄考試的外門傳功長老，而穿青色衣袍的正是賀選的爹，內門首席長老賀成，旁邊這少年弟子自然就是他兒子賀選。

這次外門招收弟子招收考試，宗門安排內門首席長老賀成為總監考，賀選見到遠處章紅薇與李鋒有說有笑，正所謂仇人相見分外眼紅。

他便指著李鋒向他爹說道：「就是那小子上次在雷荒莽林打傷我的。並且勾引我們宗門女弟子，品行惡劣，我們宗門千萬不要收這種人。」

「哦……上次打傷你的就是他，許長老，你就要把好關了。」賀成順著他兒子手指方向望了李鋒一眼，轉頭看向旁邊的外門傳功許長老。

「賀長老放心，我絕對不會讓不良之徒進入宗門的。」許長老連忙躬身表示遵從。

「大家安靜！現在考試開始。」李鋒等正聊著，這邊許長老已登高一呼，並開始介紹考試規則。

實際考試規則很簡單，第一關是檢驗武魂，有人級五品以上武魂可以過第一關。接受第二關考核的就是年齡與修為，十六歲以下要達到凝氣境一重，在十六歲以上每增長一歲，修為至少提升一重。這次外門最高只收二十歲以下弟子。

山門內設有兩個考點，每個考點由外門兩個高階弟子負責驗考，許長老與賀長老每人守住一個考點監督考試情況。

前來應試的考生排成兩條長長的隊伍，考試的速度也快，只要考生展現武魂，達到人級五品武魂，驗考外門弟子馬上會發放一個考號牌，憑考號牌就可進入下一關。

下一關展示修為和測試骨齡，只要符合條件，馬上就有接應的外門弟子進行登記，然後發放一塊銅質試練弟子腰牌，憑試練弟子腰牌就可到五雷天宗外門弟子宿舍選擇房間休息，等待外門為期一個月的試練。

當然也有一部分被驗試不合格的。但不合格的弟子極少，因為大家都了解規則，在應試前都自我衡量，自認為不達標的也就提前放棄考試了，只有極少數認為差距不大的應試弟子想矇混過關，但幾個外門高階驗試弟子非常嚴格，基本沒有人能從他們眼皮底下混過去。

小玄武不是人族，沒有武魂，沒有參加考試。李鋒排在應試隊伍中，很快就輪到他應試，他也像別人一樣放出自己武魂。

「這是什麼武魂？」

「呀！人級七品武魂，這小子天賦還不錯呢。」當李鋒放出武魂，頓時引來周圍應試弟子的議論，可以說李鋒早就引起一些人的注意，也想看看此人有如何優秀，能引得五雷天宗絕色美女弟子的青睞。

儘管此次應試弟子中也出現了人級八品，甚至人級九品的人才，但上萬人中也只有幾十個人級八品的，十幾個人級九品的，人級七品武魂也算是優秀人才了。

「通過。」驗試李鋒的一外門高階弟子唱道。聽到這位外門高階弟子唱聲，另一位負責應試的弟子準備把一個標有「壹零壹陸」字樣的考號牌發給李鋒。

「我就知道鋒弟肯定能通過。呃？鋒弟的武魂不是人級五品嗎？」在旁的章紅薇見李鋒通過第一關考試也是很高興，但對李鋒此時展現的人級七品武魂有些驚訝。

「慢著！此人不能錄用。」正當負責發放考號牌的外門弟子將牌子遞給李鋒時，被後面的內門首席長老賀成擋住。

「為什麼我不能被錄用？我的武魂不達標嗎？」李鋒一驚，對著這個中年人問道。

「見過賀長老，此人的武魂雖然奇特，但達到了人級七品，已遠超過關標準啦。」那兩個外門高階弟子還以為賀長老有誤會，忙出面解釋。

「不是武魂問題，此人品行惡劣，曾調戲我宗門女弟子，被我外門弟子教訓，但仍不思悔過，還偷襲致我外門弟子受傷。念你不是五雷天宗弟子，不受宗規約束，否則可將你鎮壓於此，現在快滾！」賀成對李鋒一聲暴喝。

「什麼？這傢伙竟然是這樣的人。」

「只怕那名五雷天宗的女弟子也是被他誘惑了。」

「如此品行惡劣的人，把他趕走！」一些本來心存嫉妒的應試弟子總算找到心理平衡點，開始發洩。

「是不是誤會了？我是青龍鎮李族的。您講的可有證據？」李鋒面對賀大長老，面不改色，他認為發生了什麼誤會。

「呵呵！誤會，你這個雜碎，你還認識我嗎？」旁邊賀選一閃，身形落在李鋒面前，一臉奸笑的望著李鋒。

「是你？你是那個給女弟子下藥的賀選？」李鋒見到賀選，這才恍然大悟。

「什麼我下藥，下藥的是你，我當時要教你改邪歸正，你卻惱羞成怒，還偷襲我，將我打傷。等考試完，我就好好教訓你！」賀選反咬一口，而且面不改色，義正辭嚴。

「賀選，你騙得了別人，可騙不了我，當時就是你趁在雷荒莽林試練向我下藥，被這小弟弟碰到施以援手我才不至於被你所害。你現在還將罪名倒扣在這個小弟弟頭上，你簡直無恥到了極點！」章紅薇見賀成父子如此顛倒黑白，氣憤至極，也顧不得女兒羞恥，將她所遇事當眾全盤托出。

賀選想不到章紅薇如此不顧自己臉面，為了一個鄉下小子，當眾把他當天所為說出，一時做賊心虛，有些答不上話來。

賀長老見此，心中已是明了，肯定賀選這小子向我隱瞞了事情，但事已至此，不能打自己的臉，立即喝道：「宗門弟子收錄，事關重大，事情不明之前，對這名少年停止應試。」

「賀長老，在這裡誰都知道你是賀選他爹，你這明顯就是包庇你兒子，公報私仇。難道許長老也要與賀長老一樣嗎？」章紅薇也顧不得許多，言語越來越鋒芒畢露，同時也將了不遠處看著這邊情況的許長老一軍。

賀長老頭都大了，既氣憤又無奈。氣憤的是一名外門弟子竟然如此對他不敬。無奈的是他也隱約知道這位叫章紅薇的女弟子背景不一般，與宗主關係親密，也拿她沒有辦法。

現在明顯已將他兒子攪和進來，如果執意阻止李鋒過關，那麼今天的事傳回宗門，他也不好自圓其說。那邊許長老也投來探尋的目光，好像是懇請先讓李鋒過關算了，等試練時再找機會。

正當大長老決定先放一馬時，情況突變。

「章紅薇，妳在雷荒莽林被此小子下了情藥，妳已被他所迷，甘願委身於他，妳想當婊子也不要誣陷我，攻擊我爹和許長老。」賀選剛才有些慌亂，但也只是短暫一瞬，然後馬上清醒過來，他要將一個大大的屎盆子扣在章紅薇頭上，讓她抬不起頭來，喘不過氣來。

此招果然無底線，毒辣異常，章紅薇哪有在大庭廣眾之下受過如此汙辱，氣得胸口不斷起伏，臉脹得通紅：「賀選，你……你……你無恥！」

她說出這句話後，就一口氣喘不過來，眼含淚水，無法再說出第二句，恨不得持劍要殺死賀選。

李鋒也是雙眼暴睜，飛身衝向賀選，這人太無恥了，他容不得別人侮辱章紅薇，要替章紅薇殺了此人。

「這裡是五雷天宗，你休得放肆！」賀長老手只輕輕一抬，一股龐大的氣勢將李鋒掀退三丈多遠摔倒在地，口中咳血。

旁邊的小玄武扶起李鋒，作勢就要衝向賀長老。

「你遠不是他對手。」李鋒儘管眼中噴射怒火，但他理智的拉住了小玄武狠狠說道。他心中發誓，今天的侮辱，他一定要討回來。

「我是青龍鎮的，我作證，就是李鋒勾引這個女弟子，打傷這位師兄的。」

秦公子看見有機可乘，張開幾乎看不到牙齒的嘴，衝到人前，落井下石道。

「我是青龍族張族的，我也作證是李鋒勾引這名女弟子，打傷這位師兄的。」張克用也向李鋒射出暗箭。

兩人更是無中生有，無恥至極。

「哈哈哈……」李鋒氣得一陣大笑：「這個五雷天宗我不加入也罷，你們這些無恥之人給我記著，今天的一切，我絕對會討回來！」

李鋒知道現在不是能說清道理的時候，心想還是要走那一步了，他走到章紅薇面前，將她拉到一邊低聲說到：「對不起！紅薇姐，今天讓妳受辱了，這封信箋妳幫我想辦法傳給宗主，我一定要加入五雷天宗，我曾經承諾過的要讓妳不再受人欺負！今天妳受到的侮辱，我一定讓他們加倍償還！」

李鋒本不打算拿出此信箋，他要透過自己的能力進入五雷天宗，但事情逼得如此，眼下沒有更好的辦法了。

「好！你在哪裡等我？」章紅薇接過信箋，鄭重地向李鋒低聲問道。

「我就到前面五雷鎮等妳訊息。」李鋒說完轉身與小玄武憤然飛身離去。

遠處賀選見李鋒離開五雷天宗山門，縱身想追了過去，被賀長老一把拉住：

「他身邊的那個小孩你對付不了。」

整個玉龍皇朝，年輕一輩的爭鬥，老一輩明面上是不能干涉的。

從剛才小玄武準備出手的氣勢，賀長老已經感覺到這個小孩不一般，有著凝氣境九重功力，而且不是一般的凝氣境九重。

再說章紅薇接到李鋒信箋，不敢怠慢，一路向五雷天宗內院飛躍而來。

內院占地有一千多畝，內院的中心地帶分布有五座高達幾百丈的山頭，每座山上都仙霧繚繞，樹木參天，鬱鬱蔥蔥，靈氣濃郁，亭臺樓閣，別具有致。

章紅薇來到一座有方圓百丈，高有六十多丈，刻有古老符文的石臺前，隨手拿出一枚橢圓晶牌向空中拋出，這枚橢圓形晶牌發出陣陣光芒滲入石臺中，石臺瞬間隱去，眼前出現一條通道直通內院。

這是內院的陣法密道，只有宗門分配的專用陣法晶牌祕鑰才能打開此陣法密道。

章紅薇收了晶牌，進入內院。她對這裡極為熟悉，直接走向中間最高的那座仙山。章紅薇的家族與宗主也有淵源，只是她不想讓人知道。雖然擁有出入陣法晶牌，但平時輕易不進入，這次也是不得已而為之。

「薇丫頭，看來出了什麼大事，否則妳是不會到我這裡來的。」這時一道慈和的聲音從山中高處渺渺飄來。

「任叔叔，這裡有一封信箋，你看了再說吧。」章紅薇十幾個縱躍就來到山頂處一座樓閣前。

一位身穿紫袍，五十歲左右氣宇軒昂的大漢站在閣樓前等著她，這人正是五雷天宗宗主任松柏。章紅薇也未向宗主詳細解釋，她覺得一兩句話說不清，還是要宗主先看信箋。

任松柏接過信箋，展開看了一下，突兀說道：「哦！終於來了。」然後他抬頭望向章紅薇問道：「他人呢？」。

章紅薇這才將山門前發生的事前前後後告知了宗主。

「是這樣的，這小子只有人級七品武魂？」宗主滿臉疑惑，向章紅薇問道。

「宗門不是規定只要達到五品武魂就可以加入外門嗎？他都人級七品了。」章紅薇不明白宗主的意思，急忙解釋道。

「人級七品武魂自然是符合外門弟子的標準……這樣吧，我安排人隨妳去，直接發給他試練弟子腰牌，至於試練能否過關，就看他自己了。」宗主一怔，然後釋然笑道，說完也沒有對賀成父子行為做置評，他臉上無任何表情，發出了一道靈識。

「好了，我已安排外門劉長老處理此事，你到山門前帶劉長老與李鋒見面就是了。」宗主歷來反感干涉下面正常處事流程，但也極反感高修為或長輩打壓低修為或後輩弟子。對於小輩的競爭他是放任不管的，哪怕有死傷，這樣會激發武修的血性與鬥志，對小輩是一種歷練。在章紅薇薇面前，他沒有表現過多的情緒。

章紅薇要求也無多，她不知李鋒與宗主是什麼關係，也不知信箋中寫了什麼。但只要達到李鋒能入宗門就行，她轉身向外門飛躍而去。

在到達宗門前，新進弟子考試還在進行，但已驗試通過了的兩千多弟子進入了山門內準備找宿舍休息。而宗門外還有兩三千弟子排隊應試，沒有通過的應試弟子應該已經走了，宗門前沒有了開始的熱鬧與嘈雜。

在族門外通往五雷鎮的路邊立著一灰袍中年人，章紅薇認識，正是外門首席長老劉長老。

「我已知道事情原委了，妳帶我到五雷鎮再說。」劉長老見章紅薇奔到身前準備說話，他連忙先開口打住她的話頭。

章紅薇扭頭回望，見那邊賀成等向這邊眺望，她也未再說話，直接帶著劉長老向五雷鎮方向飛奔而去。

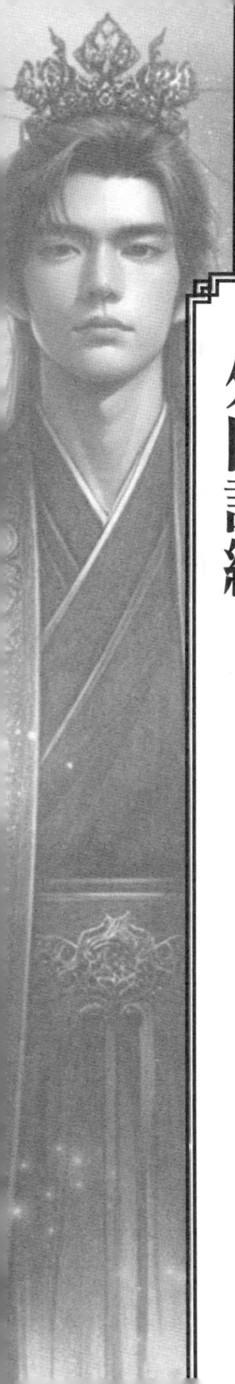

第八章

外門試練

五雷鎮離五雷天宗不遠，延著五雷山餘脈山巒有一條小路走二十多里就到。因靠近五雷天宗，小鎮要比青龍鎮要大，要繁華得多。

集鎮方圓七八里，街市縱橫有五六條，酒樓、客棧、典當、貿易貨站和賭場等各種店鋪密布於街道兩邊，門牌高大氣派，人來人往，熙熙攘攘，煞是熱鬧。

李鋒與小玄武沒有心情感受這裡的熱鬧景象，在通往五雷天宗路邊的一個茶館前攤上要來一壺茶，兩人慢慢喝茶，一邊不時向著通往五雷天宗的大路眺望。

不到一刻時間，遠遠望見章紅薇與一中年灰袍人飛奔而來，李鋒知道有了結果，就迎了上去。

章紅薇忙向劉長老與李鋒引見：「劉長老，這就是李鋒。這位是外門首席長老劉長老。」

「晚輩李鋒見過劉長老。」李鋒連忙上前向劉長老施禮。

「嗯！你的情況我知道了，這塊試練弟子腰牌你拿著跟我進宗門，明天開始試練，至於試練成績就靠你自己了。」劉長老點了點頭，當即拿出一塊銅質腰牌遞給李鋒說道，然後準備轉身離去。

「劉長老，我這位小弟弟也想加入五雷天宗，能否也給他一塊腰牌。」李鋒叫住劉長老，一抱拳懇請道。小玄武看起來也只十歲，所以乾脆介紹為小弟弟，免得解釋起來麻煩。

「嗯？他也跟你一樣被那賀成刁難了嗎？」

「那倒不是，我這弟弟沒有武魂。但他是練體的，天賦極高，現在修為都比我要高。」李鋒解釋道。

劉長老向小玄武望去，小玄武配合著露出一股凝氣境九重氣勢。

「哦！他不是人族！」不愧為修為達到靈丹境的外門首席長老，劉長老一眼就看出小玄武不是人族血脈。

「不過他的血脈顯得很神聖，應該是一種天賦極高的神獸後代，讓他加入五雷天宗也未嘗不可。」劉長老說完，當即向小玄武甩出與李鋒同樣質地的腰牌。

「晚輩小黑見過劉長老，謝劉長老。」小玄武抓住腰牌，當即向劉長老施禮謝道。

「好！隨我走吧。」劉長老不再多言，轉身向五雷天宗而去。

李鋒三人急忙施展修為緊緊跟上。

不一刻就來到宗門前，招錄弟子考試還未結束，但門前考生已不上千人，看來考試接近尾聲。

「劉長老，你這是何意？這個小子品行不端，已被此次考試淘汰了，難道你要徇私招錄嗎？」賀成見劉長老也不與其打招呼，直接將李鋒等人帶入宗門，感覺打了他的臉，急忙上前質問。

「賀長老，我外門招收弟子，我這個外門首席長老難道沒有挑選優秀人才的權利嗎？」劉長老針鋒相對道。

「劉長老話沒錯，但此子經多人證明品行不端，我受宗門委託進行監督，自然要嚴履職守，有防止害群之馬混入宗門內的職責。」賀長老一聲冷笑，準備利用手中權利阻擾。

在一邊的賀選、秦公子與張克用先前見章紅薇帶著劉長老往五雷鎮走，就預知章紅薇利用關係讓劉長老私自帶李鋒入宗門，就央求賀長老一定要阻止。這時見賀長老拋出「考試監督」這塊尚方寶劍，料定劉長老也不敢強行帶入李鋒，在旁邊看著李鋒發出聲聲冷笑。

「哦……」劉長老冷冷的眼光逼向賀成：「賀長老真是大公無私呀！但據我所知，這些還牽扯到你兒子一個月前的事，看來還真要查個清清楚楚再向宗主稟報了。」

賀成見劉長老望過來的冷光，心中不禁一凜，這李鋒是什麼人？竟然讓劉長老如此強勢與他作對。是章紅薇的關係嗎？也不應該呀！他百思不得其解。現在劉長老如此強勢，真的要認真下去，無論結果如何，對他賀成和他兒子都不利。

「哈哈！哈哈！既然是劉長老看中的人才，那我賀成肯定會網開一面。」賀成到底是老辣，他知道劉長老真的要是認真想要查出一個明白，鬧到宗主那裡，自己落不得好處。想到此，賀成語氣轉得也快，當即退回一步。

劉長老也不答話，帶著李鋒揚長而去。

「爹，難道就這麼輕易放過這小子？」賀選難以相信，眼看著李鋒大搖大擺進入宗門內，剛才李鋒還向他擠眉弄眼，他氣憤難平。

「哼！那你想怎樣？以後你少在外面給我惹是生非！」賀成剛才在眾人顏面盡失，弊了一肚子氣，也沒臉繼續待在這裡，狠狠的訓斥了賀選一頓，直接向宗門內門飛去。

劉長老將李鋒三人帶到外門弟子宿舍區停了下來，對著李鋒與小玄武說道：「好了，我的任務完成了。你們的試練號牌上的編號與宿舍房門號相對應，你們自己找房間休息吧。明天就要開始新進弟子試練，只有試練達標的弟子才能正式成為外門弟子，這就看你們自己的能力了。」

「劉長老，成為正式弟子要達到什麼樣標準？」李鋒忙問道。

「明天試練前會有長老宣布試練規則，到時就知道了。」說完，劉長老準備轉身離去時猛然掃了一眼小玄武，隨即停下腳步走到小玄武身前。

「你帶有神獸的氣息，怕心思不端之人發現後對你有所圖。這樣吧，我給你施加遮掩之術，能將你神獸氣息掩蓋三個月，一般靈丹境以下修士是難以看出。如果你不施展修為，就是靈丹境強者也難發現。」

劉長老一邊說一邊用左手按住小玄武的頭，右手手掌豎起，口中念有一祕術口訣，右手手掌中冒出一股白氣，劉長老將白氣引入小玄武頭頂，白氣瞬間鑽入小玄武頭中。

小玄武周身以肉眼可見的形成一層光影保護罩，然後這層光影保護罩慢慢隱出，小玄武和原來沒有什麼區別。劉長老停手退後幾步，再盯住小玄武看了幾息。

「好了，這三個月，你盡量少在靈丹境和之上修為武修面前展露修為就應該沒問題了。」劉長老說完轉身離去。

「多謝劉長老！」小玄武三人都向劉長老離去身影一拱手，高聲謝道，他們對劉長老發自內心產生敬重之感。

「鋒弟、小黑，你們去宿舍休息吧，明天要開始試練了。我也先回宿舍了，祝你們試煉獲得好成績！」章紅一薇說完也飛身朝女生宿舍縱躍而去。

等章紅薇一走，李鋒與小玄武找到宿舍，他們兩人正好是同一房間。房間內有兩間睡房，一間修煉室，室內還算乾淨淡雅，修煉房裝有暗道，暗道口有個機關，打開機關，從暗道內不知從何處引來的一縷縷靈氣冒出來，儘管淡薄，但相對外面，散發空中靈氣濃度有幾倍之多。

李鋒一喜，在這裡修練速度有外面幾倍，難怪五雷天宗弟子修煉提升速度要比外界要快，於是李鋒在修練室盤坐開始修練。

小玄武屬於神獸無需修煉，便選了一間房間開始睡覺，不一會就鼾聲如雷。

……

一天無話，第二天早晨，新錄弟子都要趕到外門演練場，外門統一組織試練。李鋒二人也隨著三三兩兩的人群走向演練場，李鋒感覺通過昨天的修練，修為雖然沒有突破，但也到了凝氣境四重後期，快進入巔峰狀態，身上的真氣更加雄渾。

隨著人流穿過上百座宿舍群，前面有一大片開闊地，方圓有三四百丈。此時演練場已聚集了三四千的弟子，從宿舍區還有不斷的人流向這邊匯集。

李鋒與小玄武看見演練場南邊居中處有一高於演練場的高臺，長約六丈左右，寬也有三四丈，臺前立有一根人腰粗、高十多丈的旗幡高聳入雲，非常壯觀。

臺上正前方站著三個灰色衣袍的中年人，三個中年人身後立有七位年輕弟子，六個身著藍色衣衫，其中有一個身穿白色衣衫。三個中年人李鋒有兩位認識，一位是外門首席長老劉長老，一位就是傳功長老許長老。另一位他不認識，但衣領是藍色的，與許長老一樣。而劉長老的衣領是青色的，還帶有金色繡紋。李鋒心想外門長老的衣袍應統一為灰色，而內門為青色。同為外門長老但層次高低肯定是以衣領顏色來區分。

「時間到了，這一期新錄外門弟子試練馬上開始。」

李鋒正在思量，場上一道雄渾而穿透力極強的聲音響徹整個演練場，讓人有不得不馬上靜下來的敬畏感。李鋒聽出來了，這是劉長老在講話。

「本次試練地點在五雷山脈東麓的玥陰蟒山外圍一百里範圍，這玥陰蟒山外圍一百里都是三級以下的妖獸以及玄級以下藥草，而這裡的妖獸和藥草因地質關係與其他地方不同，含濃郁的金屬性。妖獸獸丹和藥草都是煉製各種丹藥的上好原料，獸核能煉製靈級以下兵器。」

「你們試練的任務就是獲得妖獸妖核、妖丹和藥草上交宗門，你們可以獲得積分獎勵。以妖獸二級一層為最低標準，獲得一個二級一層妖核、妖丹與黃級一紋藥草各得一分。」

「每增加一個小層次的妖核、妖丹和藥草在原來基礎上增加兩分，以此類推。當然獲得三級一層妖核、妖獸以及玄級一紋藥草各得二十五分，高一個小層次各增加五分。但這樣的妖核、妖丹與藥草要深入一百里內，危險性極大，以現在你們的修為，宗門不鼓勵你們進入。試練時間為期一個月，要獲得三百分就可過關。」

「當然積分可以換取宗門貢獻點，對積分最高的前十名都有十顆凝氣丹和一千宗門貢獻點獎勵，前三名另獎勵三顆玄氣丹和一千宗門貢獻點。第一名增加一把玄級上品兵器和兩千宗門貢獻點獎勵。」

「為了保證公平與安全，宗門安排了我與兩位長老以及七名玄氣境一重的弟子全程巡視。如果你們遇到危險可以捏破手中晶牌，我們三位長老和十名弟子可隨時瞬間趕到將其帶出。但是一經帶出就表示被淘汰。」

劉長老將規則講完，示意許長老發放晶牌。他停了幾息，望向全場巡視一遍，然後高聲喝道：「都聽明白了嗎？」

「聽明白了！」全場弟子高聲回應，聲震九霄。大家都很興奮，獎勵比較豐厚，特別是前三名能得到玄氣丹，三顆玄氣丹可以助低階玄氣境武修突破一個小境界，而一顆玄氣丹可以幫助凝氣境九重武修突破到玄氣境。李鋒在想自己現在缺乏使用的兵器，如果能獲得第一名就好了。

但是李鋒想這有些不可能，因為參加試練的弟子中凝氣境八九重的都有大幾十人。

許長老將幾千晶牌分派到七名玄氣境一重的巡視弟子手中，七名巡視弟子迅速分開，飛速而準確的將晶牌飛入下面的試煉弟子手中。

「沒聽明白的可以相互問一下。不過這次試練也存在生命隕落風險，如果想放棄的現在可以自行退出。」劉長老在七名巡視弟子發放晶牌時接著講道。

作為武修，整個修煉道途都將歷經無數隕落風險，這一個小小試練就要退出是一件很丟臉面的事，在場的年輕弟子沒有一個站出來的，就是畏懼也要硬著頭皮，反正如果真正遇到風險時可以捏破晶牌。

「晶牌發放完畢！有沒有沒發到晶牌的？」許長老見七個巡視弟子將手中晶牌發完，向全場問道。下面沒有人回應，李鋒也接過了那一身白衣的巡視弟子飛來的晶牌。

「好！馬上隨我出發。」劉長老停了五六息，見無人回應，宣布完後率先縱身向宗門外躍去。

眾弟子如千軍萬馬般滾滾緊隨其後，許長老與三位玄氣境弟子居中，另一長老率四位玄氣境弟子壓後，在通往五雷山脈的道路上蕩起滾滾灰塵，遮天蔽日。

五雷天宗本身就建在五雷山脈的東麓的余脈中，到玥陰蟒山只有一百多里路程，幾千人的隊伍雖然拖沓，但全部到位也只用了兩個多時辰。另外一長老押陣最後面的弟子到位後，劉長老沒有先進入玥陰蟒山，而是一揮手：「試練開始！」

他讓所有弟子從各個方向鑽入深山之中。

「李鋒往哪走了？」隊伍的一處聚集有十一名年輕弟子，為首的正是秦公子，昨天他找到他二哥，張克用找到他大哥，兩人在新招弟子中物色了七名凝氣境五到六重的弟子，兩名靈氣境九重弟子，承諾只要他們誰殺死李鋒，就給予十顆凝氣丹重賞，這相當於這次試練前十名獎勵，而任務無非是殺死一個凝氣境四重，鄉下來的沒有背景的弟子而已，對這些新弟子還是非常有誘惑力的。

「我看到往那處山坳進山了。」有一凝氣境九重弟子說道。今天李鋒進演練場時，秦公子與張克用就讓這九名弟子認準了李鋒的相貌和氣息。

「好！你，還有你、你、你跟我直接尾隨進山。張少，你帶其餘人從南邊一直往裡穿插，然後回頭搜索堵截，我們兩頭夾擊，我就不相信弄不死他！不過要注意，行動時盡量避開長老和試練巡查師兄。」

秦公子當即點名這名發現李鋒進山的凝氣境九重弟子，又點了一名凝氣境五重和兩名凝氣境六重弟子，他覺得這幾人追上，就是李鋒有幫手也應該輕易對付。

而張克用修為低，給他分配了一名凝氣境九重、三名凝氣境六重、一名凝氣境五重，實力夠強大的。

幾千弟子鋪天蓋地的從橫面幾百丈山脈邊緣奔向深山中，山中古木參天，人腰粗的大樹比比皆是，碗口粗的藤蔓像無盡的網一樣縱橫纏繞在樹林之中。

不到一刻鐘，人影隱入無盡的大山，分散成幾十上百的小團體，然後又散成上千個個體和團伙。

李鋒與小玄武一開始與李彥三人走在一起。路上陸續碰到一些妖獸，不過都是些一級八九重的妖獸，他們輕鬆擊殺，不過這樣的妖獸沒有積分。後來他們三人不再理會二級以下妖獸，迅速的向大山深處飛縱而去，二級妖獸越來越多，三人擊殺了五六隻二級一層、二層妖獸，一隻二級三層妖獸，李彥獲得七分，李鋒獲得九分，小玄武拿了十分。

三人繼續向前，二級三層的妖獸越來越多，李彥感覺有些吃力，很多時候都靠李鋒與小玄武幫忙才將妖獸擊殺。

李彥第一天得了二十一分，他感到很滿意，照此下去，十多天就可完成任務，當然他知道李鋒與小玄武幫了不少忙。

第二天，李鋒與小玄武想繼續向深處挺進，李彥不想再扯李鋒兩人後腿，準備就在這一帶擊殺些二級二三層妖獸，雖然外圍黃級藥草很稀少，但偶爾一天也會發現一兩顆黃級一紋藥草。另外他已到了凝氣境二重圓滿，爭取突破到凝氣境三重再往裡走。

李鋒與小玄武認為這樣也好，兩人繼續向山林深處走去。這一天兩人擊殺了十幾隻妖獸，李鋒暗自吞噬了妖獸的血脈、精血和屬性進行煉化。因為這些妖獸包含了金、木、水、水、土各種屬性，鴻蒙氣運訣有一些提升，但這些妖獸級別太低，提升不是太明顯，修為也只從凝氣境四重後期提升到巔峰。

又一天天兩人前進一里多遠，擊殺了三隻二級三層妖獸，兩隻二級四重妖獸，收了一顆黃級兩紋藥草，分了戰果，暗自計算應該各有六七十分了。

李鋒自然吞噬了妖獸的血脈、精血與屬性並煉化，鴻蒙氣運訣終於達到第一層初級巔峰。而修為突破到凝氣境四重大圓滿。

「李鋒，終於找到你了。」兩人正要往前走，突然從三面圍上來了五個人。

這五人正是秦公子帶的幾人追上來了，秦公子與那名凝氣境五重的弟子遠遠的站在後面，而那名凝氣境九重與兩名凝氣境六重的弟子分別從北面與南面夾擊而來。

小玄武隨身攜帶的一根大銅棍，他毫不猶豫提起銅棍就迎上那名凝氣境九重弟子。

「一個小娃娃，你想早點死就成全你！」那凝氣境九重弟子看起來要比小玄武要大十歲，一桿玄鐵煉製的槍頭發出陣陣槍芒之氣，帶著破空之聲向小玄武奔來。

小玄武也沒用什麼技巧，拿著銅棍運轉血脈之力，向著凝氣境九重弟子橫掃而去，銅棍發出「嗚嗚」聲，帶著棍影砸向玄鐵槍。

只聽「噹」一聲金屬刺耳的爆響，那凝氣境九重弟子感覺一股震天力道從槍桿中傳到他手中，又從手中傳入胸口。他拚命的握住差點從他手中飛走的玄鐵槍，胸口一脹，血氣差點翻湧出來。

「啊！小小年紀，功力竟然如此雄厚？看來是我大意了。」凝氣境九重弟子暗想，確實有些大意，他重新調集真氣，神情要嚴肅多了，挺槍向小玄武頭頂刺來，小玄武把銅棍往上一磕，兩人戰成一團。

兩名凝氣境六重的弟子見小玄武已攔住凝氣境九重弟子，馬上從兩邊揮劍斬向李鋒。

劍未到，李鋒已感到強大的劍氣逼人。凝氣境六重，比李鋒高兩個境界，而且是兩人從兩個角度攻來，這與上次在小樹林中對抗一個凝氣境八重不是一個級別，五雷天宗的弟子比李族武修無論武技，還是武魂天賦都遠高於李族武修，是可以越級與普通武修一戰的。

現在面臨兩面夾擊，李鋒只能極力施展「旋風騰挪術」向後連翻，雖然險險躲過兩弟子的劍，但冷冽的劍氣仍然刮傷了李鋒。

兩凝氣境六重弟子見李鋒身法了得，也施展出身法武技不斷逼近李鋒。

李鋒感覺兩名弟子功力比一般的武修絕對要強很多，儘管現在自己修為不同以往，越級實戰能力也有所突破。但與兩名高自己兩個境界的天才弟子硬抗是不可能的。他只能不斷用靈巧變化莫測的身法來化解，以求拖延到小玄武擊敗那名凝氣境九重弟子。

秦公子見兩凝氣境六重弟子一時無法傷到李鋒，這邊凝氣境九重弟子與這小孩纏在一起，還處在下風，如果這小孩打敗凝氣境九重弟子，那麼他們就相當危險了。他沒想到會是這樣，看來還是是嚴重低估李鋒與這小孩實力。

他心急火燎，但自己又不敢上。看到旁邊一名凝氣境五重弟子，本來是保護他的，心想乾脆把他也用上，現在李鋒的處境就是一根稻草也可以把他壓死。

「你，去幫他兩人圍堵這小子！」秦公子發出指令。

這凝氣境五重弟子聽到指令，心想這小子在兩大凝氣境六重的圍攻下已經疲於應付，他出手就是摘桃子了，隨即縱身從另一方拿一把長刀砍向李鋒。

兩側後面是凝氣境六重的劍氣追襲而來，此時李鋒身法正在前騰，正面突然是凝氣境五重的長刀帶著刀芒砍來，已經把他逼入死角，面臨前所未有的生命危機。

——待續

國家圖書館出版品預行編目資料

吞噬至尊 / 悠閒港灣作. --初版.
--臺中市：飛燕文創事業有限公司, 2024.11-

冊；公分

ISBN 978-626-348-965-3(第1冊:平裝). --
ISBN 978-626-348-966-0(第2冊:平裝). --
ISBN 978-626-348-967-7(第3冊:平裝). --
ISBN 978-626-348-968-4(第4冊:平裝). --
ISBN 978-626-348-969-1(第5冊:平裝). --
ISBN 978-626-348-970-7(第6冊:平裝). --
ISBN 978-626-348-971-4(第7冊:平裝). --
ISBN 978-626-348-972-1(第8冊:平裝). --
ISBN 978-626-348-973-8(第9冊:平裝). --
ISBN 978-626-348-974-5(第10冊:平裝). --
ISBN 978-626-348-975-2(第11冊:平裝). --
ISBN 978-626-348-976-9(第12冊:平裝). --
ISBN 978-626-348-977-6(第13冊:平裝). --
ISBN 978-626-348-978-3(第14冊:平裝). --
ISBN 978-626-348-979-0(第15冊:平裝). --
ISBN 978-626-348-980-6(第16冊:平裝). --
ISBN 978-626-348-981-3(第17冊:平裝). --
ISBN 978-626-348-982-0(第18冊:平裝). --
ISBN 978-626-348-983-7(第19冊:平裝). --
ISBN 978-626-348-984-4(第20冊:平裝)

857.9 113013661

吞噬至尊 01

出版日期：2024年10月初版
建議售價：新台幣190元
ISBN 978-626-348-965-3

作　　者：悠閒港灣
發 行 人：曾國誠
文字編輯：小鯨魚
美術編輯：豆子、大明
製作/出版：飛燕文創事業有限公司
公司地址：台中市南區樹義路65號
聯絡電話：04-22638366
傳真電話：04-22629041
印 刷 所：燕京印刷廠有限公司
聯絡電話：04-22617293

各區經銷商

華中書報社	電話 02-23015389
旭昇圖書有限公司	電話 02-22451480
智豐圖書股份有限公司	電話 05-2333852
威信圖書有限公司	電話 07-3730079

網路連鎖書店

金石堂網路書店 電話：02-23649989
網址：http://www.kingstone.com.tw/

博客來網路書店 電話：02-26535588
網址：http://www.books.com.tw/

若您要購買書籍將金額郵政劃撥至22815249，戶名：曾國誠，並將您的收據寫上購買內容傳真到04-22629041

若要購買本公司出版之其他書籍，可洽本公司各區經銷商，或洽本公司發行部：04-22638366#11，或至各小說出租店、漫畫便利屋、各大書局、金石堂網路書店、博客來網路書店訂購。
▶如有缺頁、破損，請寄回更換！

Fei-Yan
飛燕文創